**Autor** _ D.H. LAWRENCE

**Título** _ O CEGO E OUTROS CONTOS

Copyright _ Hedra 2008
Tradução© _ Maurício Búrigo


Dados _ Dados Internacionais de Catalogação na Publicação (CIP)

Lawrence, D. H. *O cego e outros contos*. (Org. e trad. Maurício Búrigo). – São Paulo : Hedra : 2008 Bibliografia.

ISBN 978-85-7715-084-7

1. Literatura inglesa I. Conto inglês II. Lawrence, D. H. III. Búrigo, M. IV. Título

08-2923 CDD-823

Índice para catálogo sistemático:
1. Literatura inglesa 823


EDITORA HEDRA LTDA.

Endereço _ R. Fradique Coutinho, 1139 (subsolo)
05416-011 São Paulo SP Brasil
Telefone/Fax _ (011) 3097-8304
E-mail _ editora@hedra.com.br
Site _ www.hedra.com.br

Foi feito o depósito legal.

Autor _ D.H. Lawrence

Título _ O cego e outros contos

Organização e tradução _ Maurício Búrigo

Introdução _ Dennis Jackson

São Paulo _ 2008

hedra

**David Herbert Lawrence** (Eastwood, 1885-Vence, 1930) é um dos autores ingleses mais expressivos do início do século XX. Sua carreira literária tem início quando uma amiga de juventude envia em segredo poemas dele à revista *The English Review*, que os publica. O editor logo se interessa pelo manuscrito de *O pavão branco*, seu primeiro romance, publicado em 1911, após a morte da mãe, a quem era muito apegado. Ambientado nas Midlands onde nascera, nele já se encontra uma das características que permeiam toda a sua obra: a soberba descrição da natureza, uma reverência pelo não-humano, pelo inefável. Então professor primário em Londres, no mesmo ano deixa de lecionar devido à pneumonia. À época, tendo terminado duas relações amorosas, foge em 1912 com a esposa alemã de um antigo preceptor de línguas modernas, Frieda, indo à Alemanha e Itália. (Casam-se em 1914 ao voltarem.) Mal vivendo da escrita, publica *Filhos e amantes*, romance autobiográfico sobre a infância e juventude, em 1913. Em 1915, ocorre a proibição de *O arco-íris*, por imoralidade, dado o conteúdo sexual explícito, e, em seguida, a recusa por editores de *Mulheres apaixonadas* em 1916, na esteira do escândalo anterior. Após a Primeira Guerra, parte em sua "peregrinação selvagem", em busca da plenitude que o Ocidente moderno e industrial malograra oferecer-lhe. Sicília, Ceilão, Austrália, Novo México, por onde passa escreve romances, novelas, contos, poemas, livros de viagem, ensaios de crítica literária e outros temas. Por fim, volta à Inglaterra em 1926 e, não tolerando o clima, instala-se perto de Florença, onde escreve *O amante de Lady Chatterley*, de 1928, que é banido na Inglaterra. Morre de tuberculose no sul da França aos 44 anos.

**O cego e outros contos** reúne quatro narrativas escritas ao longo de toda a vida de D.H. Lawrence: *O oficial prussiano* (*The Prussian Officer*, 1913); *Sansão e Dalila* (*Samson and Delilah*, 1916); *O cego* (*The Blind Man*, 1918); e *O vencedor do cavalo de balanço* (*The Rocking-Horse Winner*, 1926). Passadas em ambientes domésticos e provincianos em sua maioria, tais narrativas desdobram-se em histórias de personagens em face de um iniludível, vital e, às vezes, ruinoso conflito de opostos (ser/ter, corpo/espírito, instinto/razão, homem/mulher etc.) que marcou a época e a obra do autor. Nelas encontramos os motivos caros à crítica de Lawrence: casamento, amor (paixão), dinheiro, classe social, relação do homem com a natureza, enfim, o *pathos* do homem moderno destituído da plenitude do ser. Esta edição traz ainda em apêndice *Meu ser revelado*, publicado em 1929 no *Sunday Dispatch*, relato autobiográfico franco e tocante, no qual Lawrence relembra a infância e desmistifica sua carreira de escritor.

**Maurício Búrigo** é tradutor e poeta. Cursou Letras na Universidade de Lisboa, Portugal. Teve seus poemas publicados na revista *Ópio* (Associação dos Estudantes da Faculdade de Letras de Lisboa, 1994) e em *Múltiplos Eróticos – Gravuras e Trovas* (Edições Civilização Arcaica-Brasileira, 1997). Traduziu *Cáustico Lunar*, de Malcolm Lowry (LGE/Círculo de Brasília Editora, 2005).

**Dennis Jackson** (B. A. Belhaven College; M. A. , Ph. D. University of Arkansas) é um dos mais importantes estudiosos da obra de Lawrence. Editou e escreveu vários livros sobre esse autor, entre os quais *D.H. Lawrence's "Lady"* (University of Georgia Press, 1985), *Critical Essays on D.H. Lawrence* (G. K. Hall, 1988), *D.H. Lawrence's Literary Inheritors* (St. Martin's, 1991), *Editing D.H. Lawrence* (University of Michigan Press, 1995). Colaborou como editor associado de *D.H. Lawrence: An Annotated Bibliography of Writings About Him* (2 vols., Northern Illinois University Press, 1982/1985), além de ter se encarregado da direção editorial da *The D.H. Lawrence Review* de 1985 a 1994. Presidente da The D.H. Lawrence Society of North America (1985-86), assumiu a direção do curso de Jornalismo na University of Delaware em 1995.

# SUMÁRIO

# INTRODUÇÃO



D.H. LAWRENCE e James Joyce são muitas vezes considerados os melhores contistas da Grã-Bretanha. O lugar de Lawrence entre os maiores escritores na história do conto britânico é indubitável. Mas ainda que seus volumes de contos tivessem atraído mais resenhas favoráveis durante a sua vida do que seus romances, seus mais de sessenta contos suscitaram poucas críticas distintivas antes de 1960, quando os estudiosos começaram a analisar sua obra sob a perspectiva do conto como gênero. O primeiro estudo abrangente dos contos de Lawrence, *The Art of Perversity* (1962), de Kingsley Widmer, afirmava que os contos ocupavam uma "posição central" nos escritos de Lawrence. Alguns concordaram, declarando que seus contos eram superiores aos seus romances porque esse gênero não permite as polêmicas digressivas que prejudicavam com freqüência seus romances. Lawrence foi um romântico tardio que via a si mesmo como um profeta que abordava temas como sexualidade e casamento, o potencial destrutivo do materialismo e da industrialização, e aquilo que ele percebia como falhas na democracia, na vida militar e no cristianismo. Suas opiniões não-convencionais e não raro dogmáticas sobre esses tópicos permearam quase tudo o que ele escreveu. Mas os contos, por causa de sua forma, permitiam muito poucas admoestações (embora certamente refletissem suas crenças mais íntimas), e é por isso que um grande número de críticos aclama seus contos como o melhor dos escritos de Lawrence.

Lawrence escreveu um punhado de ensaios interessantes sobre o romance como gênero e discutia com freqüência seus romances e os de outros autores em suas cartas. Também escreveu sobre poesia em seus ensaios e cartas. Mas nunca fez qualquer declaração pública sobre a estética do conto, e, em parte por essa razão, alguns críticos sugeriram que ele nunca se preocupou de fato com o gênero, e que só publicava contos em periódicos por dinheiro. Mas estudiosos no último quarto de século examinaram minuciosamente as revisões que ele fazia a cada etapa – esboços manuscritos e datilografados, as provas que lhe eram enviadas por várias revistas e especialmente a reescritura elaborada por ele quando preparava novamente os contos para a inclusão em alguma das três coletâneas que foram publicadas em vida do autor. E hoje é largamente aceito que Lawrence realmente se preocupava com a forma e aperfeiçoava seus contos por meio de várias revisões.

Lawrence chamava a si mesmo jocosamente de o sacerdote do amor, e a grande maioria de seus trabalhos investiga o amor, o sexo e o casamento. Muitas vezes o relacionamento entre amantes na sua ficção assemelha-se a um campo de batalha, como podemos ver em *Sansão e Dalila* e *O oficial prussiano.* Lawrence certa feita se referiu a si mesmo como um espeleologista do inconsciente – e praticamente todos os contos deste volume demonstram seu interesse pelas forças irracionais do subconsciente que nos impelem a fazer o que fazemos.

No tratamento que confere a temas como a paixão heterossexual e a homossexual, o ciúme, a violência doméstica e o assassinato, vemos o empenho de Lawrence em retratar na literatura um nível da psique que nenhum autor antes dele procurou descrever integralmente. Para exprimir esse nível primário, sub racional de nossa psique – essas pulsões que nos atingem "abaixo" da consciência –, Lawrence teve de encontrar novas maneiras de criar personagens, usando um estilo poético caracterizado pelo ritmo e pela repetição. Como muitos de nossos impulsos subterrâneos são sexuais, Lawrence teve de encontrar modos estilísticos de expressar a sexualidade humana capazes de burlar a censura de sua época (ainda vitoriana). Assim, ele se tornou um dos maiores escritores simbolistas do século XX. Veremos isso, por exemplo, em suas descrições altamente fálicas da natureza e de certos objetos (o toco de lápis do ordenança e a cicatriz no seu polegar) em *O oficial prussiano*. Ao longo das cinco histórias desta coletânea, vemos como Lawrence consegue infundir sua prosa, de maneira impressionante, com insinuações sexuais mesmo quando o sexo não é o objeto de suas descrições. Muitos críticos fizeram a fascinante afirmação de que os censores podem ter sido um inimigo fortalecedor para Lawrence, que em seu esforço para frustrá-los, buscou em sua arte erótica deslocamentos metafóricos (freqüentemente extraídos da natureza) que lhe permitiram descrever a experiência da paixão sem ser advertido pelos censores. Este talento singular parece estar manifesto nesta coletânea, em particular no conto *O oficial prussiano*, onde Lawrence faz uso da paisagem, das descrições da natureza e de outros símbolos para expressar o que parece ser uma representação surpreendente (para a sua época) de um relacionamento homossexual que envolve sadismo, talvez algum masoquismo, e uma pletora de violência motivada pela sexualidade. Aparentemente nem um único censor franziu o cenho em 1914 quando essa história foi publicada na primeira coletânea de Lawrence, *The Prussian Officer and Other Stories.* Mais tarde em sua carreira, por volta da época em que escreveu seu romance mais controverso, *O amante de Lady Chatterley* (1928), os censores o acompanhavam de perto, e, de fato, todas as cópias desse romance foram imediatamente confiscadas pelas autoridades na Inglaterra e nos Estados Unidos, e a versão sem cortes só ficou disponível ao público depois de processos amplamente divulgados na Inglaterra e nos Estados Unidos em 1959 e 1960.

Lawrence cresceu na região industrial britânica das Midlands, em uma família dilacerada por disputas domésticas – e, ocasionalmente, pela violência decorrente do alcoolismo –, e alguns de seus contos refletem esse ambiente. Também a guerra dos sexos se torna abertamente violenta no conto *Sansão e Dalila*, e no relacionamento homossexual entre o capitão e seu ordenança em *O oficial prussiano.*

Lawrence tinha razão ao declarar, numa carta datada de 1913, que a história que mais tarde ganharia o título *O oficial prussiano* era "o melhor conto que eu já escrevi". Trata-se de uma fascinante descrição do relacionamento de dois homens que não vão ou não podem expressar seus sentimentos, e que pode perfeitamente ser a mais vívida história de um galanteio homossexual já publicado em inglês até então. Como de costume em sua ficção, Lawrence põe em confronto personagens que representam dois lados da psique humana: o capitão Hauptmann é um homem totalmente dominado pelo intelecto, um homem de temperamento passional, que sempre se contivera. Sua repressão decorre em parte do modo como ele dirige sua vida de acordo com os conceitos rígidos e idealizados de masculinidade e disciplina militar. Sua afetação lhe é dolorosa, e ele se ressente da existência natural, instintiva de seu ordenança. Essa espécie de emparelhamento de opostos – onde um personagem representa o que ele chama de consciência mental e o outro o que ele denomina de consciência sangüínea – aparece repetidas vezes nos escritos do autor. Em seu dualismo mente/corpo, Lawrence, nos seus ensaios, defende obstinadamente o partido do corpo, da consciência natural, instintiva, física. É uma questão epistemológica – como nós *conhecemos* a vida?

Nós a conhecemos apenas de modo cerebral e racional ou também por meio de nossos sentidos, de maneiras intuitivas, imaginativas, físicas? Schöner é um homem simples, com dificuldades para se exprimir, que vive através dessa consciência sangüínea que Lawrence descreve em seus ensaios e cartas. O ordenança segue facilmente o curso natural da vida, movendo-se com "cega e instintiva segurança [...], como a de um jovem animal desembaraçado". O capitão tenta forçar Schöner a enxergar a si mesmo de forma mais auto-consciente, e tenta provocar algum tipo de reação passional no rapaz.

Mas Schöner é incapaz disso, até sua resposta final a Hauptmann.

Mais uma vez Lawrence apresenta uma situação triangular – dessa vez com o ordenança sem ação entre sua queridinha, uma jovem montanhesa que ele visita com freqüência, e o capitão, que faz demandas cada vez mais audaciosas a Schöner, impedindo-o de visitar sua amante. O próprio capitão se encontra com mulheres, mas o contato apenas o deixa "mais tenso [...] hostil e irascível". Quando ele se relaciona sexualmente com uma mulher, esse sexo não passa de "uma paródia de prazer". Ele se sente mais à vontade com a tropa, no "terreno impregnado" pela companhia: "um odor quente de homens, de suor, de couro".

Ele se sente atraído pela visão do jovem movendo-se com vigor no alojamento do oficial com seus jovens ombros fortes e as linhas graciosas de seu corpo, e embora Hauptmann tente "com todas as forças, renegar a paixão" que ele sente, permanece "conformado na sua consciência", ele deixa "a coisa [a paixão por Schöner] desenrolar-se" em sua inconsciência. Ele fica obcecado com a cicatriz no polegar do ordenança e depois com o toco de lápis que Schöner mantém atrás da orelha (o ordenança usa-o para escrever as cartas de amor para a sua namorada montanhesa). O polegar e o lápis são obviamente símbolos fálicos, e não há dúvida de que os sentimentos de Hauptmann pelo ordenança são marcadamente homossexuais. Noutra passagem, ele chuta os quadris e as coxas do ordenança – partes do corpo do jovem que não foram escolhidas ao acaso.

Lawrence odiava a disciplina militar e a idéia de lealdade cega a uma nação. Em seu ensaio *The State of Funk*, afirmou que o homem, quando fisicamente isolado, torna-se perigoso, intimidador e cruel. Ou, como o autor expressou numa carta, a "luxúria inflamada comete atrocidades". E é assim, em *O oficial prussiano*, quando Hauptmann começa a descontar no ordenança, com arroubos de sadismo, sua paixão frustada e não-admitida, – esbofeteia Schöner com uma luva e depois o golpeia com a fivela de um cinto. Hauptmann saboreia a dor do rapaz e sente um "profundo prazer" à visão do sangue na boca do ordenança. Depois ele o chuta nas coxas até que elas fiquem com enormes hematomas, e daí em diante, a batalha sexual os levará inexoravelmente a uma luta de vida ou morte.

Nas últimas décadas, os críticos têm reconhecido com freqüência a natureza homossexual dos sentimentos inconscientes do capitão para com o ordenança, mas poucos admitiram a possibilidade de que a resposta de Schöner a Hauptmann pudesse revelar ela própria sentimentos homossexuais latentes. Lawrence em momento algum afirma algo semelhante de maneira explícita (ciente de que os censores se apressariam em banir seus escritos), mas, ao longo da narrativa, deixa aqui e ali pistas de que algo está acontecendo no fundo do subconsciente do ordenança que o confunde e no final das contas o motiva. Enquanto marcha, Schöner está bem consciente da "figura altiva do capitão girando a cavalo na casa-grande em frente, uma elegante figura de uniforme azul-claro com debruns escarlates, com adornos de metal a cintilar no capacete negro" e ele "sentia que algum laço o unia àquela figura" do aristocrata prussiano. Por diversas vezes, ficamos sabendo que algo faz o coração do ordenança palpitar à visão do capitão. Como em Hauptmann, no entanto, a possível atração de Schöner pelo capitão permanece recalcada, abaixo do nível consciente. Nenhum dos dois compreende a fonte de seus tormentos ou a atração que sentem um pelo outro.

Quando Schöner finalmente agarra Hauptmann e o estrangula, a descrição é decididamente carregada de insinuações sexuais. O assassinato que dá alívio a Schöner se parece com uma experiência masturbatória – ele sente prazer à visão dos "violentos espasmos do corpo prostrado que lhe fazia sacudir o próprio corpo por inteiro", e quando ele se levanta, com um sentimento de alívio e satisfação, vê o corpo estatelado ainda se debatendo. E Lawrence revela: "Ele representava mais do que o ser que o havia chutado e perseguido".

*Sansão e Dalila* foi escrito no outono de 1916 enquanto Lawrence ainda trabalhava no romance que mais tarde se intitularia *Mulheres apaixonadas*.

O conto foi publicado no ano seguinte em um periódico, e incluído na coletânea de Lawrence *England, My England and other stories*, em 1922. A violência nessa história sequer chega perto de seu caráter homicida em *O oficial prussiano*, e *Sansão e Dalila* se encaixa no gênero das farsas domésticas, uma comédia cujo final não é um "felizes para sempre", mas pelo menos reserva alguma felicidade para a noite posterior ao término da história. Alice Nankervis, de meia-idade, é a bem-sucedida dona de um *pub*, e de uma hospedaria, que tem uma filha de 16 anos, que ela criou sozinha depois que seu marido Willie as abandonou quando a menina ainda era bebê. Em *Sansão e Dalila* o marido pródigo retorna à Cornualha para reclamar seu *status* de marido, e o obtém, mas só depois de muitos protestos e tumulto por parte de Alice. Ela está bem preparada para o desafio que ele oferece, e, de fato, ela sobrevive em um ambiente predominantemente masculino. Quando Willie chega ao *pub* certa noite, após ter trabalhado 15 anos como mineiro no oeste dos Estados Unidos, Alice está empolgada, se saindo bem em uma partida de cartas com os mineiros locais. Ela é irritável, sensual e saudável, uma mulher capaz e independente em todos os sentidos, que não se deixou abater quando Willie a abandonou 15 anos antes, e fez o melhor que pôde para si e para a sua filha.

O modo como Lawrence narra essa história é especialmente eficaz. O conto tem início com dois personagens anônimos, um homem que chega de ônibus em um pequeno vilarejo de mineiros da Cornualha e uma viçosa mulher que joga cartas animadamente com seus fregueses no *pub* dela. Apenas gradualmente eles adquirem nomes, Willie e Alice Nankervis, e Lawrence mantém o leitor distante do enredo por algum tempo, sem revelar os antecedentes dos dois protagonistas. Ele nos dá inúmeras pistas de que ambos têm uma ligação um com o outro. Quando a filha Maryann aparece, ela é descrita como tendo os olhos escuros, inexpressivos, e sobrancelhas bem delineadas – precisamente as características descritas em Willie logo antes, e ambos têm uma voz melodiosa. O homem observa mãe e filha com curiosidade, e temos a impressão de que Alice e Willie se reconheceram de imediato. À medida que a noite avança, Alice fica cada vez mais perturbada, enquanto uma tormenta elétrica se agita em seu peito e ela treme com uma paixão contida, violenta, de uma tensão insuportável. O *pub* está prestes a fechar, mas Willie se recusa a deixá-lo, anunciando que "você é minha mulher", e declarando seu objetivo de "ficar na minha casa – por um tempo, pelo menos".

Alice nega que ela seja a esposa dele e exige que ele saia. Ele não arreda pé, e Alice intima os quatro soldados que estão hospedados em sua pousada a ajudá-la, liderados pelo ataque inicial dela (ela é, ficamos sabendo, uma "amazona") – eles imobilizam o visitante, amarram-no e o põem para fora do *pub*. Willie acaba se livrando das amarras, caminhando pela estrada algum tempo antes de voltar ao *pub*. Todas as luzes estão apagadas, com exceção da cozinha, e ele descobre que Alice deixou a porta destrancada, e de fato, estava esperando por ele. Enquanto conversam, a raiva dela se acende novamente, "mas ela dominou-a, por causa da ameaça que havia nele, e mais, talvez, por causa da beleza de seu rosto e de suas sobrancelhas bem delineadas, das quais ela não conseguia tolerar a privação".

Lentamente, ela começa a ceder, e seu coração palpita "ardente, furioso" enquanto ela o observa. Willie retorna com um charme substancial, com uma conversa lisonjeira, dizendo-lhe que ela é uma bela mulher, elogia o "atrevimento" dela e exalta-lhe a beleza e a sensualidade, acrescentando que não encontrara em toda a América mulher alguma que pudesse superá-la em charme.

Estudiosas feministas como Conchita Diez-Medrano interpretaram essa história como mais um conto de Lawrence a descrever a intimidação masculina e a submissão feminina, mas esses críticos evidentemente não leram o texto com a devida atenção. Não se trata de uma história a respeito do triunfo do homem sobre a mulher, mas de uma afirmação dramática sobre o poder do desejo. Ao longo de toda a história Alice admira as características do homem. Em meio à cena de violência em que Willie é amarrado, o narrador nos conta que seu casaco estava desarrumado, deixando as partes pudendas expostas. Isso tipifica o uso interessante que Lawrence faz do narrador nessa história – a declaração sobre as partes pudendas expostas é feita pelo narrador, mas está claro que é Alice quem nota o detalhe. Ela observa a figura prostrada, com seus "membros fortes, volumosos, o forte dorso atado, submisso". Da mesma forma, Willie presta atenção especial à figura viçosa de Alice durante a noite, e a história termina com ele pondo as mãos nos seios dela – sem qualquer resistência por parte de Alice.

Não podemos ter certeza de que este casamento durará – provavelmente não, já que o próprio Willie retornara para casa "por um tempo, pelo menos". Podemos ter a certeza de que ele não regressou com o propósito de se aproveitar dela financeiramente – ele juntou economias, mil libras. A atração que sentem um pelo outro é puramente sensual, e fica claro, no fim, que ainda que o casamento não esteja destinado a nada mais duradouro do que o foi 15 anos atrás, os dois amantes seguem a direção de uma alegre reunião sensual nessa noite em que ele retorna ao lar.

*Sansão e Dalila* recebeu pouca atenção dos estudiosos, e alguns o desconsideraram pela superficialidade dos detalhes biográficos dos personagens (por exemplo, não sabemos por que Willie abandonou o lar, ou por que decidiu deixar a América e voltar à Cornualha). Mas o enredo do conto é exuberante e bem estruturado, e os personagens são fascinantes – Willie em sua teimosia, Alice em sua luta interna com seus sentimentos de raiva e desejo pelo marido. O paralelo bíblico indicado no título não parece muito relevante para a história. E Lawrence desenvolve a tensão da narrativa lenta e eficazmente, até o extravasamento da violência doméstica entre Willie e Alice (e seus ajudantes). A história provavelmente daria uma bem-sucedida peça dramática. A ação estrutura-se em um único lugar, basicamente o *pub*, cobre um pequeno espaço de tempo, e é constituída por diálogos e ação que poderiam ser bem encenados num palco. Isto é raro nas histórias de Lawrence, onde os diálogos são com freqüência secundários e a verdadeira história avança por meio de sugestões simbólicas e metafóricas dos estados emocionais subjacentes e subconscientes de seus personagens.

*O cego* (1918) descortina talvez a melhor exploração ficcional da dualidade corpo/mente que Lawrence tantas vezes discutiu em seus ensaios. Ele acreditava que as pessoas, no mundo moderno, levavam uma vida desequilibrada com relação à consciência mental, e precisavam se esforçar para contrabalançar isso com uma percepção da vida mais intuitiva, instintiva, poética e ligada ao universo físico. Este equilíbrio, como ele inúmeras vezes afirmou em seus escritos, se daria tanto no íntimo dos indivíduos como entre eles, especialmente aqueles vivenciando um relacionamento amoroso.

Em *O cego*, Isabel Pervin passa por uma instabilidade em sua vida depois que seu marido Maurice perde a visão num combate em Flandres. Ambos têm trinta anos de idade, e vivem juntos em maravilhosa intimidade. E no entanto, permanecem isolados um do outro. Lêem, conversam e cantam juntos, com alegria, mas a cegueira o leva a profundas depressões, e ela experimenta uma grande ansiedade com relação ao futuro deles. Grávida, preocupa-se com a possibilidade de Maurice ficar ainda mais melancólico quando ela começar a tomar conta do bebê, e também com o fato de que, além do bebê, terá de cuidar de seu marido cego. Ela ama Maurice e diz que ele injeta paixão em sua vida. Ainda assim, ela recepciona um amigo de infância querido, Bertrand Reid, que, como ela, resenha livros e ama as palavras. Bertie é um rico advogado, um "homem de letras, um escocês do tipo intelectual", que evita qualquer tipo de intimidade física com as mulheres. Isabel nota que sua aparência é a de alguém "muito magro e esgotado" e que ele tem "pernas curtas, esquisitas".

O narrador declara que Maurice, proveniente de uma família de trabalhadores rurais, é "o oposto de Bertie, cuja mente era bem mais ágil que as emoções".

A mente de Maurice, ao contrário, é lenta, ao passo

que seus sentimentos são "vivos e agudos". Ele é realmente apaixonado por Isabel, é sensível e dedicado às necessidades dela. Vive com naturalidade em meio aos animais da quinta – sua gata o segue enquanto ele cuida do gado, dos porcos e cavalos no estábulo sombrio atrás da casa. Ele se movimenta entre os cavalos na escuridão, quase que inconscientemente, transportado por uma "corrente [...] de presciência do sangue". Ele se compraz no "absoluto imediatismo do contato do sangue" com o universo animal do estábulo. Como os seus cavalos, ele tem as costas e as pernas musculosas, e pés "que pareciam conhecer a terra".

Mais uma vez Lawrence estabelece uma situação triangular, com Isabel no centro desses homens que tão obviamente simbolizam o mundo animal/físico instintivo e o mundo do intelectualismo afetado. Em muitas de suas ficções – como em *O amante de Lady Chatterley* – Lawrence concede a vitória àqueles personagens capazes de dar vazão ao seu eu consciente ou ego, e que seguem seus impulsos inconscientes. Mas ele é fundamentalmente mais artista que filósofo e *O cego* tipifica mais uma das incontáveis maneiras que Lawrence tem de encarar o dualismo mente/corpo em sua ficção. Maurice é motivado a criar laços de amizade com Bertie – que ele detesta intensamente – para que Isabel se sinta mais feliz. Assim, quando Bertie deixa a casa de Pervin (tão iluminada e com seus delicados aromas de especiarias e arranjos florais) para adentrar a ardente vida animal do estábulo escuro (com seu cheiro de cavalos e amônia), Maurice vem recepcioná-lo. E num gesto genuíno de amizade, toca a face de Bertie e pede ao visitante que ponha as mãos nas cicatrizes de seus olhos para dizer a ele se o seu rosto ficara muito desfigurado. O tato é o mais importante de todos os sentidos em muitas das ficções de Lawrence. Há nele, quase sempre, um caráter restaurador, que liberta o personagem de uma existência de morto-vivo, restituindo-lhe uma nova vitalidade. Para Isabel, o toque de Maurice tem um efeito quase hipnótico, e ela se sente apaixonadamente ligada a seu companheiro. Mas Bertie sente que esse toque ritualístico é um aprisionamento, e ele não experimenta nenhum renascimento psíquico, em vez disso, sente-se completamente aniquilado pela intimidade física com o cego, e deseja desesperadamente fugir do estábulo. Maurice não tem a menor consciência da reação torturada de Bertie, e exclama, "nós conheceremos um ao outro agora, não?". Exultante com seu sentimento de amor, a paixão da amizade, Maurice conduz Bertie de volta aos cômodos da frente da casa para declarar a Isabel que ele e Bertie se tornaram amigos. Ele se sente triunfante, e permanece "com os pés afastados, como um estranho colosso".

Maurice supôs equivocadamente que Bertie também tinha a habilidade de conhecer a vida por meio de sensações táteis, mas a ironia permeia o sentimento de triunfo de Maurice. O sentido do tato nessa história torna-se capital para a aniquilação psíquica de um homem. Percebemos que Bertie não voltará a visitar a propriedade, e que nunca mais será a mesma pessoa. A dupla ironia é que *O cego* é realmente cego para o fato de que, para os outros, o tato pode não ser uma forma de "conhecer" outra pessoa. Maurice – de acordo com os padrões inerentes à filosofia que Lawrence desenvolve em muitos de seus ensaios – fez tudo certo. Mas Lawrence certa vez advertiu os leitores: "Nunca confie no artista. Confie na história". E suas histórias estão sempre explorando novos territórios, sempre testando sua filosofia. Não podemos nunca prever com precisão aonde uma história de Lawrence nos levará. É isso que faz dele um escritor tão intrigante e desafiador.

*O vencedor do cavalo de balanço* é também um dos melhores contos de Lawrence. É – pelo uso que faz de uma casa mágica que sussurra e de uma criança possuída – um conto sobrenatural, uma história de terror. Embora escrita na última fase da carreira de Lawrence, a história evoca alguns temas e idéias de suas primeiras ficções, principalmente de seu terceiro romance, *Filhos e amantes*. O personagem de Paul Morel tem claras afinidades com o do jovem Paul em *O vencedor*. Ambos têm uma mãe materialista, embora a sra. Morel, esposa de um mineiro alcoólatra, venha de uma classe social e econômica muito mais baixa que a mãe de classe média alta (sra. Hester) do conto. Os dois Pauls são afetados de maneira negativa e permanente por suas mães. No romance, o sufocante amor maternal da sra. Morel afeta gravemente o desenvolvimento de seu filho adolescente, e no conto, a avareza e a neurose por dinheiro da mãe esmagam seu filho e criam as condições que o levam ao colapso. A história repete a freqüente condenação de Lawrence da classe média britânica e de uma cultura ocidental com fixação por dinheiro, inclinada ao acúmulo material para impressionar os outros.

Tanto *Filhos e amantes* quanto *O vencedor do cavalo de balanço* retratam um triângulo edipiano em que o filho tenta futilmente tomar o lugar do pai. Alusões aparecem logo no começo da história de que Hester seja sexualmente insatisfeita com seu marido, apagado e azarado. Ficamos sabendo que ela "casou-se por amor, e o amor reduziu-se a pó", deixando-a com três crianças que "lhe haviam sido forçadas" e pelas quais não sente amor algum. Não sente amor por ninguém, embora mantenha as aparências de uma boa mãe. Tanto Paul Morel quanto o jovem Paul sofrem com a compreensão de que suas mães são infelizes, e cada um tenta trazer à mãe a realização que seu marido não lograra prover. Os três filhos de Hester estão todos cientes de que a casa é assombrada por uma voz sussurrante que com freqüência apregoa: "É preciso mais dinheiro! É preciso mais dinheiro!". Quando Paul pergunta à mãe porque a família tem tão pouco dinheiro, ela explica que é por que eles não têm "sorte". O filho lhe assegura de que ele é sortudo e, de fato, logo começa a fazer suas fantásticas descobertas dos nomes dos cavalos vencedores nas corridas. Com a ajuda do jardineiro Bassett e do tio Oscar Cresswell, Paul começa a apostar grandes quantias nas corridas, ganhando com freqüência. Ele deixa seus vultosos ganhos guardados com Bassett, com a intenção de, no final, repassá-los a sua mãe infeliz.

Lawrence desenvolve o suspense eficazmente, e por um tempo não sabemos como Paul adivinha o nome dos cavalos vencedores. No final tomamos conhecimento do seu "segredo dos segredos", a maneira como se torna capaz de "saber" o nome do cavalo vencedor de uma corrida que está por vir. A própria cavalgada frenética no seu cavalo de brinquedo abala a saúde da criança, e ela se torna cada vez mais presa do desespero e esgotamento nervoso à medida que a história progride. Com efeito, Paul assemelha-se a muitos personagens das lendas e folclore que fazem um pacto com as forças malignas a fim de alcançar conhecimento e poder. Como o Fausto de Goethe, que negocia com o demônio, Paul é, no final das contas, destruído pelo seu desejo de "saber".

O tema edipiano é enfatizado na "cavalgada" apaixonada de Paul montado em seu cavalo de madeira. "Arremetendo para frente e para trás" e "balançando-se desvairadamente" em seu corcel, ele cavalga para trazer à mãe a realização que seu pai não conseguia oferecer.

***

Os contos desta coletânea representam bem a breve carreira de Lawrence, embora, mais significativamente, reflitam o amplo alcance de seus temas e o lirismo de seu estilo como contista. Lawrence sofria de tuberculose na época em que escrevia *O vencedor do cavalo de balanço*, mas continuou sua produção literária prolífica até o mês de sua morte. Quando faleceu, aos 44 anos de idade, havia escrito mais de quarenta livros em sete gêneros literários diferentes, incluindo 13 romances, muitos dos quais (principalmente *O arco-íris* e *Mulheres apaixonadas*) entre os melhores escritos no século XX. Escreveu cerca de sessenta contos e meia dúzia de novelas.

Suas poesias completas totalizam quase 1100 páginas, e antologias de poesia moderna quase sempre incluem uma amostra de sua poesia. Deixou o que acabaria perfazendo um enorme volume de peças, e quando algumas delas foram apresentadas num palco londrino nos anos 1960, os críticos aclamaram Lawrence como um dramaturgo habilidoso na tradição naturalista. Escreveu mais de 1500 páginas publicadas de ensaios curtos, e outros cinco livros de não-ficção: *Studies in Classic American Literature*, *Apocalipse* (um livro de exegese bíblica), *Psychoanalysis and the Unconscious* e *Fantasia of the Unconscious* (livros sobre psicologia), e um livro escolar de história, *Movements in European History*. Seus quatro cativantes livros de viagem (que incluem *Mornings in Mexico*) são considerados entre os melhores do gênero. E quando, no decurso das últimas três décadas, a editora Cambridge University Press publicou uma edição das obras completas de Lawrence, incluíu oito grandes volumes de suas cartas, mais de 5000 correspondências que, juntas, consistem em uma das mais interessantes autobiografias da literatura inglesa. Os diversos escritos de Lawrence formam um conjunto que muitos crêem não ter sido igualado em qualidade por qualquer outro escritor inglês do século XX.

# O CEGO E OUTROS CONTOS

# O VENCEDOR DO CAVALO DE BALANÇO



Era uma linda mulher, que nascera com todos os privilégios, mas não tinha sorte. Casou-se por amor, e o amor reduziu-se a pó. Tinha ótimos filhos, mas sentia que lhe haviam sido forçados, e não conseguia amá-los. Olhavam-na com frieza, como se a criticassem. E, por antecipação, parecia-lhe que devia encobrir algum defeito em si mesma. Contudo, o que devia encobrir, jamais soube. Apesar disso, quando eles estavam presentes, sempre sentia, no fundo, o coração endurecer-lhe. Isso a perturbava e, à sua maneira, era tanto mais delicada e preocupada com eles, como se os amasse muitíssimo. Somente ela mesma sabia que no fundo do coração havia um lugarzinho empedernido que não conseguia sentir amor por ninguém. Todos falavam dela: "É uma mãe tão boa. Adora os filhos". Apenas ela, e os próprios filhos, sabiam que não era assim. Liam-no nos olhos uns dos outros.

Havia um menino e duas menininhas. Moravam em uma casa confortável, com jardim, tinham criados polidos, e achavam-se superiores a qualquer um na vizinhança.

Embora vivessem em grande estilo, sempre sentiam uma ansiedade na casa. Nunca havia dinheiro suficiente. A mãe tinha uma pequena renda, e o pai uma pequena renda, mas nem de perto o bastante para a posição social que tinham de manter. Ele ia à cidade, a um escritório. E apesar de ter boas perspectivas, tais perspectivas nunca se materializavam. Sempre havia a sensação esmagadora da escassez de dinheiro, embora o estilo fosse sempre mantido.

Por fim, a mãe disse: "Verei se *eu* posso fazer alguma coisa". Mas não sabia por onde começar. Quebrava a cabeça, tentava isso e aquilo, mas não conseguia ser bem-sucedida em coisa alguma. O fracasso fez rugas profundas em sua face. Os filhos estavam crescendo, teriam de ir para a escola. É preciso mais dinheiro, é preciso mais dinheiro. O pai, que era sempre muito elegante e dispendioso nos gostos, mostrava-se como se jamais *pudesse* ser capaz de fazer algo que valesse a pena. E a mãe, que tinha uma grande fé em si mesma, não tivera ainda melhor sorte, e seus gostos eram dispendiosos na mesma proporção.

E então a casa passou a ser assombrada pela frase impronunciada: *É preciso mais dinheiro! É preciso mais dinheiro!* Os filhos podiam ouvi-la o tempo todo, embora ninguém a dissesse em voz alta. Ouviam-na no Natal, quando brinquedos caros e fascinantes enchiam o quarto das crianças. Detrás do reluzente cavalo de balanço novo, detrás da elegante casa de bonecas, uma voz começaria a sussurrar: "É *preciso* mais dinheiro! É *preciso* mais dinheiro!". E elas parariam de brincar, para escutar por um momento. Examinariam os olhos umas das outras, para ver se todas tinham ouvido. Cada uma percebia nos olhos das outras que também elas tinham ouvido. "É *preciso* mais dinheiro! É *preciso* mais dinheiro!". Sussurrava o vaivém do cavalo de balanço a oscilar silencioso, e até ele, vergando sua cabeça de madeira, a ouvia. A grande boneca, tão rosada, sentada com seu sorriso artificial em seu novo carrinho de bebê, podia ouvi-la com clareza, e parecia estar sorrindo tanto mais constrangida por causa dela. O ridículo cachorrinho, que tomara o lugar do ursinho de pelúcia, também tinha uma aparência ridícula ao extremo por nenhuma outra razão, senão a de que ouvia o sussurro misterioso por toda a casa: "É *preciso* mais dinheiro!".

Todavia, ninguém jamais o dizia em voz alta. O sussurro estava em todo lugar e, portanto, ninguém o exprimia. Assim como ninguém jamais diz: "Estamos respirando!", apesar do fato de a respiração ir e vir o tempo todo.

– Mãe – disse o menino, Paul, certo dia –, por que não temos nosso próprio carro? Por que sempre pegamos o do tio, ou então um táxi?

– Porque somos os membros pobres da família – respondeu a mãe.

– Mas *somos* por quê, mãe?

– Bem... acho que é... – explicou com vagar e amargura – porque seu pai não tem sorte.

O menino ficou em silêncio por um tempo.

– Sorte é dinheiro, mãe? – perguntou, um tanto tímido.

– Não, Paul. Na verdade, não. É a razão de se ter dinheiro.

– Ah! – disse Paul, hesitante. – Pensava que quando

o tio Oscar dizia *sortuda de porcaria*, queria dizer dinheiro.

– *Fortuna de porcaria*[1] quer, sim, dizer dinheiro – respondeu ela. – Mas é fortuna, não sorte.

– Ah! – ele exclamou. – Então o que é sorte, mãe?

– É a razão de se ter dinheiro. Se você é sortudo, tem dinheiro. É por isso que é melhor nascer sortudo do que rico. Se você é rico, pode perder seu dinheiro. Mas se é sortudo, arranjará sempre mais dinheiro.

– Ah! Arranjará? E o pai não é sortudo?

– Muito azarado, eu diria – respondeu, áspera.

O menino a observava com um olhar inseguro.

– Por quê? – perguntou.

– Eu não sei. Ninguém jamais sabe por que uma pessoa é sortuda e a outra é azarada.

– Não sabe? Ninguém mesmo? *Ninguém* sabe?

– Talvez Deus. Mas Ele nunca conta.

– Mas deveria. E você também não é sortuda, mãe?

– Não posso ser, se me casei com um marido azarado.

– Mas você mesma, não é?

– Costumava achar que fosse, antes de me casar. Agora acho que sou muito azarada, de fato.

– Por quê?

– Bem... não se preocupe com isso! Talvez eu não seja, na verdade – disse.

A criança fitou-a para ver se falava sério. Mas viu,

[1] O engano de Paul é mais evidente no inglês, em que as expressões "*filthy lucker*" (lit. "*sortudo imundo*") e "*filthy lucre*" ("*lucro imundo*"), ambas de idêntica pronúncia, são confundidas. [N. do T.]

pelas rugas de sua boca, que estava apenas tentando esconder algo.

– Bem, seja como for – disse com firmeza –, eu sou uma pessoa sortuda.

– Por quê? – perguntou ela, com uma risada súbita.

Ele a encarou. Nem sequer sabia por que o havia dito.

– Deus me contou – assegurou, enfrentando-a.

– Espero que sim, querido! – disse, de novo com uma risada, mas, agora, amarga.

– Ele disse, mãe!

– Excelente! – respondeu ela, usando uma das exclamações do marido.

O menino viu que ela não acreditara nele; ou antes, que não prestara atenção à sua afirmação. Isso o deixou irritado, e ele resolveu ganhar sua atenção pela força.

Prosseguiu sozinho, devagar, de uma maneira infantil, em busca da pista da "sorte". Absorvido, sem levar em consideração as outras pessoas, ia de um lado a outro, furtivo, buscando a sorte em seu interior. Queria a sorte, queria porque queria. Quando as duas meninas estavam brincando de boneca, ele se sentaria no seu grande cavalo de balanço, acometendo como um louco espaço adentro, com um frenesi que as fazia olhar para ele com inquietude. Desenfreado, o cavalo disparava, o cabelo ondulado escuro do menino agitava-se, seus olhos tinham um brilho estranho. As menininhas não ousavam lhe falar.

Quando havia cavalgado até o fim da sua curta e louca jornada, descia e ficava de pé na frente do cavalo de balanço, os olhos fixos em sua face abaixada.

O cavalinho tinha a boca vermelha, entreaberta, e os olhos esbugalhados, de um brilho vítreo.

– Agora! – comandaria em silêncio ao corcel resfolegante. – Agora, me leve até onde a sorte está! Me leve agora!

E açoitava o cavalo no pescoço com o pequeno chicote que pedira ao tio Oscar. *Sabia* que o cavalo poderia levá-lo até onde a sorte estivesse, se ao menos o obrigasse. Então montaria de novo e arrancaria em sua furiosa cavalgada, esperando enfim chegar lá. Sabia que poderia chegar lá.

– Você vai quebrar o cavalo, Paul! – advertiu a criada.

– Está sempre cavalgando assim! Queria que ele parasse com isso! – disse a irmã mais velha, Joan.

Mas ele apenas lhes lançava um olhar feroz, em silêncio. A criada desistiu dele. Não podia desafiá-lo em nada. Fosse como fosse, ele estava ficando maior do que ela.

Um dia, sua mãe e seu tio Oscar entraram quando estava numa de suas furiosas cavalgadas. Não falou com eles.

– Olá, seu jóquei mirim! Cavalgando um vencedor? – disse o tio.

– Não está ficando grande demais para um cavalo de balanço? Já não é mais tão menininho, você sabe – a mãe emendou.

Mas Paul apenas lançou um olhar feroz, azulado, de seus olhos grandes, mas entreabertos. Não falaria com ninguém enquanto estivesse a toda velocidade. Sua mãe o observava com uma expressão ansiosa na face.

Afinal, de súbito parou de forçar o cavalo ao mecânico galope e deslizou até o chão.

– Bem, cheguei! – anunciou com ferocidade, os olhos azuis ainda fulgurantes, e as longas pernas, firmes, escarranchadas.

– Aonde chegou? – perguntou a mãe.

– Aonde eu queria ir – ostentou-lhe de volta.

– Está certo, filho! – disse tio Oscar. – Não pare até chegar lá. Qual é o nome do cavalo?

– Ele não tem nome – disse o menino.

– Vai em frente sem um nome, numa boa? – perguntou o tio.

– Bem, ele tem vários nomes. Chamava-se Sansovino semana passada.

– Sansovino, hein? Venceu o Ascot.[2] Como descobriu esse nome?

– Ele sempre conversa sobre corridas de cavalo com o Bassett – disse Joan.

O tio deleitou-se em descobrir que seu pequeno sobrinho estava informado sobre todas as notícias de corridas. Bassett, o jovem jardineiro, que fora ferido no pé esquerdo na guerra e arranjara seu atual trabalho por meio de Oscar Cresswell, de quem fora ordenança, era um perfeito maluco por turfe. Vivia nas provas de corridas, e o pequeno menino vivia consigo.

Oscar Cresswell soube de tudo por Bassett.

[2] Ascot, assim como a seguir Lincoln, Leger, Grand National, Lincolnshire e Derby são circuitos de corridas de cavalo na Inglaterra. [N. do T.]

– O senhor Paul vem e me pergunta, então acabo contando para ele, senhor – disse Bassett, seu rosto sério ao extremo, como se estivesse falando de questões religiosas.

– E ele já apostou em algum cavalo?

– Bem... não quero entregá-lo... é um jogador novato, senhor, um ótimo jogador. Se importaria de perguntar para ele mesmo? Ele tira um certo prazer disso, e talvez ache que eu o esteja entregando, senhor, se não se importa.

Basset estava solene como uma igreja.

O tio voltou ao sobrinho e levou-o para uma volta de carro.

– Diga, Paul, meu velho, já apostou em um cavalo? – perguntou.

O menino olhou o elegante homem de perto.

– Ora, acha que eu não devia? – defendeu-se.

– Nem um pouco! Pensei que talvez pudesse dar-me um palpite para o Lincoln.

O carro dirigia-se veloz para o campo, indo até a residência do tio Oscar em Hampshire.

– Palavra de honra? – disse o sobrinho.

– Palavra de honra, filho! – disse o tio.

– Bem, então... Daffodil.

– Daffodil! Duvido, filhinho. Que me diz de Mirza?

– Só sei o vencedor – disse ele. – É Daffodil.

– Daffodil, hein?

Houve uma pausa. Daffodil era um cavalo pouco conhecido, comparado aos outros.

– Tio!

– Sim, filho?

– Não vai passar adiante, vai? Prometi ao Bassett.

– O Bassett que se dane, meu velho! O que ele tem a ver com isso?

– Somos parceiros. Temos sido parceiros desde a primeira vez, tio. Ele me emprestou meus primeiros cinco xelins, que perdi. Prometi a ele, palavra de honra, que era somente entre eu e ele; só que você me deu aquela nota de dez xelins com que comecei a ganhar, e então achei que você fosse sortudo. Não vai passar adiante, vai?

O menino encarou o tio com aqueles grandes, ardorosos olhos azuis, entreabertos. O tio agitou-se e riu, inquieto.

– Você está certo, filho! Vou manter seu palpite em segredo. Daffodil, hein? Quanto está apostando nele?

– Tudo, menos vinte libras – disse o menino. – Guardo isso de reserva.

O tio achou que era uma boa piada.

– Guarda vinte libras de reserva, seu jovem romântico? O que está apostando, então?

– Estou apostando trezentas – respondeu ele, grave. – Mas isto é entre nós dois, tio Oscar! Palavra de honra?

O tio explodiu, rindo às gargalhadas.

– Tudo bem, é entre nós dois, seu jovem Nat Gould[3] – disse, rindo. – Mas onde estão as trezentas?

[3] Nat Gould (1857-1919), jornalista de esporte inglês, especializado em corridas de cavalos. [N. do T.]

– Bassett guarda para mim. Somos parceiros.

– É mesmo!? E quanto Bassett está pondo no Daffodil?

– Ele não chega assim tão alto quanto eu, acho. Talvez chegue a cento e cinqüenta.

– O quê, centavos? – riu o tio.

– Libras – respondeu a criança, com um olhar surpreso para o tio. – Bassett guarda uma reserva maior do que a minha.

Entre o espanto e a graça, tio Oscar ficou em silêncio. Não insistiu mais no assunto, mas decidiu levar o sobrinho consigo às corridas do Lincoln.

– Agora, filho – explicou –, vou pôr vinte em Mirza, e porei cinco a mais para você no cavalo que quiser. Qual é a sua escolha?

– Daffodil, tio.

– Não, cincão no Daffodil, não!

– Eu poria, se o cincão fosse meu – disse a criança.

– Ótimo! Ótimo! Você está certo! Cincão para mim e cincão para você no Daffodil.

A criança nunca estivera numa reunião de turfe antes, e seus olhos brilhavam como duas chamas azuis. Franzia a boca de tensão e assistia. Um francês logo em frente havia apostado seu dinheiro em Lancelot. Louco de empolgação, agitava os braços para cima e para baixo, berrando "Lancelot! Lancelot!", com sotaque francês.

Daffodil chegou em primeiro, Lancelot em segundo, Mirza em terceiro. A criança, afogueada e com os olhos inflamados, estava curiosamente serena. Seu tio trouxe-lhe quatro notas de cinco libras, quatro para um.

– O que eu faço com estas? – bradou, agitando-as frente aos olhos do menino.

– Acho que falamos com o Bassett – disse o menino. – Espero que tenha mil e quinhentas libras agora; e vinte de reserva; mais essas vinte.

O tio observou-o por alguns instantes.

– Olhe aqui, filho! – exclamou. – Não está falando sério quanto ao Bassett e aquelas mil e quinhentas, está?

– Estou, sim. Mas é entre nós dois, tio. Palavra de honra?

– Tudo bem, palavra de honra, filho! Mas preciso falar com o Bassett.

– Se quisesse virar parceiro, tio, do Bassett e de mim, podíamos ser todos parceiros. Só que teria de prometer, palavra de honra, tio, não deixar isso ir além de nós três. O Bassett e eu somos sortudos, e você deve ser sortudo, porque foi com seus dez xelins que comecei a ganhar...

Tio Oscar levou os dois, Bassett e Paul, até Richmond Park por uma tarde, e lá conversaram.

– Veja bem, senhor, é assim – Bassett relatou. – O senhor Paul me pegava para falar sobre provas de corridas, contar histórias, o senhor sabe. Estava sempre interessado em saber se eu tinha ganhado ou perdido. Já faz coisa de um ano, desde então, que pus cinco xelins no Blush of Dawn para ele: e perdemos. Então a sorte virou, com os dez xelins que ganhou do senhor e que pusemos no Singhalese. E desde então, tem sido constante, considerando todas as coisas. O que me diz, senhor Paul?

– Ficamos todos bem quando temos certeza – disse

Paul. – É quando não temos tanta certeza que não ganhamos nada.

– Ah, mas então tomamos cuidado – continuou o outro.

– Mas quando vocês têm *certeza*? – tio Oscar sorriu.

– É o senhor Paul, senhor – disse Bassett em um tom confidente, religioso. – É como se recebesse do céu. Como Daffodil, agora, para o Lincoln. Foi batata.

– Você apostou alguma coisa no Daffodil? – perguntou Oscar Cresswell.

– Sim, senhor. Tirei meu bocado.

– E meu sobrinho?

Bassett ficou em silêncio, obstinado, olhando para Paul.

– Ganhei mil e duzentas, não ganhei, Bassett? Contei ao tio que estava pondo trezentas no Daffodil.

– É isso mesmo – confirmou o outro, inclinando a cabeça.

– Mas onde está o dinheiro? – perguntou o tio.

– Guardo trancado em segurança, senhor. O senhor Paul pode pegar a qualquer minuto, é só pedir.

– O quê, mil e quinhentas libras?

– E vinte! E *quarenta*, isto é, com as vinte que ganhou na pista.

– É espantoso! – disse o tio.

– Se o senhor Paul oferece uma parceria, senhor, eu aceitaria, se fosse você; se me dá licença – aconselhou Bassett.

Oscar Cresswell pensou a respeito.

– Vou ver o dinheiro – disse.

Dirigiram-se para casa de novo e, com efeito, Bassett voltou ao galpão com mil e quinhentas libras em dinheiro. A reserva de vinte libras fora deixada com Joe Glee, no depósito da Comissão de Turfe.

– Vê, está tudo certo, tio, quando eu tenho *certeza*! Aí botamos pra valer, com toda a alma. Não é, Bassett?

– Sim, senhor Paul.

– E quando você tem certeza? – perguntou o tio, rindo.

– Ah, bem, às vezes tenho certeza *absoluta*, como com o Daffodil – disse o menino –; e às vezes tenho uma idéia; e às vezes não tenho nem mesmo uma idéia, não é, Bassett? Aí, tomamos cuidado, porque na maioria das vezes não ganhamos nada.

– Nada, nada mesmo! E quando tem certeza, com Daffodil, por exemplo, o que lhe dá essa certeza, filhinho?

– Ah, bem, sei lá – respondeu, inquieto. – Tenho certeza, sabe, tio; só isso.

– É como se recebesse do céu, senhor – Bassett reiterou.

– Tenho que admitir! – exclamou o tio.

Mas entrou na parceria. E quando o Leger estava chegando, Paul tinha "certeza" acerca de Lively Spark, que era um cavalo de fato insignificante. O menino insistiu em pôr mil libras no cavalo, Bassett foi de quinhentas, e Oscar Cresswell de duzentas. Lively Spark chegou em primeiro, e as apostas haviam sido de dez para um contra ele. Paul ganhou dez mil.

– Viram? – provocou. – Tinha certeza absoluta que seria ele.

Até Oscar Cresswell havia rapado duas mil.

– Olhe aqui, filho – disse –, esse tipo de coisa me deixa nervoso.

– Não precisa ficar, tio! Talvez eu não tenha certeza por um longo tempo.

– Mas o que vai fazer com seu dinheiro? – perguntou o tio.

– É claro – disse o menino – que comecei isso pela minha mãe. Ela disse que não tinha sorte, porque meu pai era azarado, então pensei que se *eu* fosse sortudo, o sussurro poderia parar.

– Que sussurro poderia parar?

– O da nossa casa. *Odeio* nossa casa quando ela fica sussurrando.

– O que ela sussurra?

– Ora... ora – o menino estava irrequieto –, sei lá. Mas está sempre curta de dinheiro, sabe, tio?

– Sei, filho, sei.

– Tio, você sabe que minha mãe tem recebido intimações, não sabe?

– Receio que sim.

– E aí a casa sussurra, como gente rindo de você pelas costas. É medonho, se é! Achei que se eu fosse sortudo...

– Poderia impedi-lo – acrescentou o outro.

O menino olhava-o com seus grandes olhos azuis, de um brilho frio, sinistro, e ele não disse palavra.

– Bem, então? – questionou o tio. – O que vamos fazer?

– Não gostaria que minha mãe soubesse que sou sortudo – respondeu o garoto.

– Por que não, filho?

– Ela me impediria.

– Não acho que o faria.

– Ah! – o menino contorceu-se de uma maneira bizarra. – Não quero que ela saiba, tio.

– Tudo bem, filho! Daremos um jeito, sem que ela saiba.

Arranjaram-no com muita facilidade. Paul, por sugestão dos outros, entregou cinco mil libras ao tio, que as depositou com o advogado da família. Este informaria à mãe de Paul que um parente havia colocado cinco mil libras em suas mãos, das quais deveriam ser desembolsadas mil libras a cada aniversário dela, pelos próximos cinco anos.

– Então ela terá um presente de aniversário de mil libras por cinco anos sucessivos – disse tio Oscar. – Espero que isso não torne as coisas mais difíceis para ela depois.

A mãe de Paul fazia anos em novembro. Nos últimos tempos, a casa estava "sussurrando" mais do que nunca e, apesar da sorte, Paul não conseguia suportar aquilo. Estava muito ansioso para ver o efeito da carta de aniversário que contaria à mãe sobre as mil libras.

Quando não havia visitas, Paul fazia as refeições com os pais, uma vez que estava além do controle da criada. Sua mãe ia à cidade quase todos os dias. Ela havia descoberto que tinha um talento singular para esboçar peças de pele e vestidos, e trabalhava em segredo no ateliê de uma amiga que era a artista-chefe dos principais fanqueiros. Desenhava figuras de damas vestidas em peles, em seda e lantejoulas para anúncios de jornal. Essa jovem artista ganhava milhares de libras por ano, mas a mãe de Paul ganhava somente algumas centenas, e estava de novo insatisfeita. Queria tanto ser a melhor em algo, mas não tinha sucesso, mesmo fazendo os desenhos para anúncios de tecidos.

Ela desceu para o desjejum na manhã do seu aniversário. Paul observava seu rosto enquanto lia as cartas. Sabia qual era a carta do advogado. Conforme a mãe lia, o rosto tornava-se mais indiferente. Então uma expressão fria, determinada, chegou-lhe à boca. Escondeu a carta debaixo da pilha das outras, e não disse palavra a respeito.

– Não recebeu nada de agradável do correio no seu aniversário, mãe? – disse Paul.

– Muito pouco agradável – respondeu, com sua voz fria e ausente.

Foi embora para a cidade sem dizer mais.

À tarde, tio Oscar apareceu. Disse que a mãe de Paul havia tido uma longa conversa com o advogado, perguntando se todas as cinco mil libras não podiam ser adiantadas de uma vez, visto que estava endividada.

– O que acha, tio? – perguntou o menino.

– Isso é com você, filho.

– Ah, ela que pegue, então! Podemos ganhar mais algumas com as restantes – disse ele.

– Mais vale um pássaro na mão que dois voando, rapazote! – exclamou tio Oscar.

– Mas tenho certeza de que *saberei* no Grand National; ou no Lincolnshire; ou então no Derby. Tenho certeza de que saberei *um* deles – disse Paul.

Tio Oscar assinou o acordo, e a mãe de Paul pegou todas as cinco mil libras. Então algo muito estranho aconteceu. As vozes na casa de súbito enlouqueceram, como um coro de sapos em um entardecer de primavera. Havia alguns móveis novos, e Paul tinha um preceptor. *Agora sim*, ele iria a Eton, a escola do pai, no outono seguinte. Havia flores no inverno, e um florescimento do luxo ao qual a mãe de Paul estava acostumada. Contudo, as vozes na casa, detrás dos raminhos de mimosa e flores de amêndoa, e sob as pilhas de almofadas iridescentes, trilavam e gritavam numa espécie de êxtase: "É *preciso* mais dinheiro! Oh, é *preciso* mais dinheiro! Agora, agoora! Agooora – é *preciso* mais dinheiro! – mais do que nunca! Mais do que nunca!".

Isso assustou Paul de forma terrível. Ele estudava com afinco latim e grego com o preceptor. Mas passava horas consideráveis com Bassett. O Grand National havia passado: não havia "sabido", e perdera cem libras. O verão se aproximava. Ele estava agoniado com o Lincoln. Mas até para o Lincoln não "soubera", e perdera cinqüenta libras. Tornou-se estranho e desvairado, como se algo fosse explodir nele.

– Deixe para lá, filho! Não se incomode com isso! – urgia tio Oscar. Mas era como se o menino não pudesse de fato ouvir o que o tio dizia.

– Tenho de saber para o Derby! Tenho de saber para o Derby! – a criança reiterava, seus grandes olhos azuis flamejando com uma espécie de loucura.

Sua mãe notou como estava esgotado.

– É melhor você ir à praia. Não gostaria de ir à praia logo, em vez de esperar? Acho que seria melhor – disse fitando-o com ansiedade, seu coração pesado por causa dele.

Mas a criança levantou os sinistros olhos azuis.

– Não posso ir antes do Derby, mãe! – protestou. – Não posso!

– Por que não? – ela perguntou, com uma voz que se tornava ríspida quando era contrariada. – Por que não? Ainda assim pode ir da praia ver o Derby com seu tio Oscar, se é o que deseja. Não precisa esperar aqui. Além disso, acho que se preocupa demais com essas corridas. É um mau sinal. Minha família é uma família de jogadores, e não saberá até que cresça quanto dano já foi feito. Mas o dano foi feito. Terei de mandar Bassett embora, e pedir ao tio Oscar que não lhe fale mais de corridas, a não ser que prometa ser razoável: vá à praia e esqueça isso. Está uma pilha de nervos.

– Farei o que quiser, mãe, desde que só me mande embora depois do Derby – disse o menino.

– Mandá-lo embora de onde? Dessa casa, pura e simplesmente?

– Sim – respondeu ele, encarando-a.

– Ora, mas que menino! Por que está tão preocupado com a casa, de repente? Nunca achei que gostasse dela.

Ele encarava a mãe, sem falar. Tinha um segredo

dentro de um segredo, algo que não revelou, nem sequer a Bassett, ou a seu tio Oscar.

Mas a mãe, após ficar indecisa e um pouco taciturna por alguns instantes, disse:

– Muito bem, então. Só vá à praia depois do Derby, se prefere assim. Mas me prometa que não ficará com os nervos em frangalhos. Prometa-me que não pensará muito em corridas e *provas*, como vocês as chamam!

– Ah, não – disse ele num tom casual. – Não pensarei muito sobre isso, mãe. Não precisa se preocupar. Não me preocuparia, mãe, se fosse você.

– Se você fosse eu e eu fosse você – continuou ela –, pergunto-me o que *deveríamos* fazer!

– Mas você sabe que não precisa se preocupar, não sabe, mãe? – repetiu.

– Ficaria muito contente se soubesse – ela disse, farta.

– Ah, bem, você *pode*, sabe? Quero dizer, você *deveria* saber que não precisa se preocupar – insistiu.

– Deveria? Então tratarei disso – ela respondeu.

O segredo dos segredos de Paul era seu cavalo de balanço, aquele que não tinha nome. Desde que se emancipara da criada e da governanta, mudaram o cavalo de balanço para seu próprio quarto, no último andar da casa.

– Sem dúvida, está grande demais para um cavalo de balanço! – sua mãe havia protestado.

– Bem, veja, mãe, até que eu possa ter um cavalo *de verdade*, gosto de ter algum tipo de animal por perto – fora sua estranha resposta.

– Acha que ele lhe faz companhia? – ela riu.

– Oh, sim! Ele é muito bom, sempre me faz companhia, quando estou lá – disse Paul.

Então o cavalo, um tanto surrado, ficava empinado, suspenso no quarto do menino.

O Derby se aproximava, e o menino ficava cada vez mais tenso. Mal ouvia o que lhe diziam, estava muito sensível, e seus olhos estavam de fato sinistros. A mãe tinha estranhos acessos de inquietação repentinos por causa dele. Às vezes, por meia hora, sentia uma súbita ansiedade por ele que era quase angústia. Queria correr até ele de imediato, e se certificar de que estava bem.

Duas noites antes do Derby, ela estava numa grande festa na cidade, quando um ataque de ansiedade pelo menino, seu primogênito, apertou-lhe de tal modo o coração que mal conseguia falar. Lutou contra o sentimento, com todas as suas forças, pois acreditava no bom senso. Mas era muito forte. Teve de deixar a dança e descer as escadas para telefonar. A governanta das crianças ficou bastante surpresa e sobressaltada ao ser chamada à noite.

– As crianças estão bem, senhorita Wilmot?

– Ah, sim, estão muito bem.

– O senhor Paul? Está bem?

– Foi direto para a cama como uma flecha. Devo correr até lá em cima e dar uma olhada nele?

– Não – disse a mãe de Paul com relutância. – Não! Não se incomode. Está tudo bem. Não fique acordada até tarde. Devemos estar em casa cedo. – Não queria que se intrometesse na privacidade do filho.

– Está bem – respondeu a governanta.

Era cerca de uma hora quando a mãe e o pai de Paul voltaram para casa. Estava tudo quieto. A mãe foi ao seu quarto e tirou rápido a capa de pele branca. Havia dito à empregada que não esperasse por ela. Ouvia o marido no andar de baixo, preparando um uísque com soda.

E então, pela estranha ansiedade em seu coração, subiu, furtiva, as escadas até o quarto do filho. Prosseguiu em silêncio ao longo do corredor de cima. Que ruído abafado era aquele?

Ficou de pé, com os músculos retesados, do lado de fora da porta, escutando. Havia um ruído estranho, pesado, mas não muito alto. Seu coração ficou paralisado. Era um ruído seco e, no entanto, precipitado e forte. Algo enorme, com um movimento violento, abafado. O que era? O que, em nome de Deus, era aquilo? Deveria saber. Tinha a sensação de que conhecia o ruído. Sabia o que era.

Todavia não conseguia identificá-lo. Não conseguia dizer o que era. E aquilo continuava sem cessar, freneticamente.

Com suavidade, gélida de ansiedade e medo, girou a maçaneta.

O quarto estava escuro. Contudo, no espaço perto da janela, ouviu e viu algo arremetendo para frente e para trás. Fitava com medo e assombro.

Acendeu a luz de súbito e viu o filho, de pijama verde, embalando-se desvairado no cavalo de balanço. O brilho da luz iluminou-o de forma abrupta, enquanto impelia o cavalo de madeira; e iluminou-a, enquanto permanecia de pé, loura, com seu vestido verde-claro e cristal, à entrada da porta.

– Paul! – gritou. – O que você está fazendo?

– É Malabar! – berrou com uma voz forte, estranha. – É Malabar!

Seus olhos inflamaram-se na direção dela por um segundo, estranho e insensato, enquanto parava de balançar o cavalo de madeira. Então caiu com um estrondo no chão, e ela, com toda a sua maternidade atormentada transbordando sobre si, correu para apanhá-lo.

Mas ele estava inconsciente, e inconsciente permaneceu, em um delírio febril. Falava e debatia-se, e sua mãe ficava sentada, petrificada, ao seu lado.

– Malabar! É Malabar! Bassett, Bassett, eu *sei*! É Malabar!

Assim a criança gritava, tentando levantar-se e impelir o cavalo de balanço que lhe dera a inspiração.

– O que ele quer dizer com Malabar? – perguntou a mãe, com o coração gelado.

– Não sei – disse o pai, petrificado.

– O que ele quer dizer com Malabar? – perguntou ao seu irmão Oscar.

– É um dos cavalos que correrão no Derby – foi a resposta.

E, contra sua vontade, Oscar Cresswell falou com Bassett, e ele mesmo pôs mil em Malabar: a quatorze para um.

O terceiro dia da doença foi crítico: estavam esperando uma mudança. O menino, com o cabelo um tanto longo, encaracolado, debatia-se sem parar sobre o travesseiro. Não dormia nem recobrava a consciência, e seus olhos pareciam duas pedras azuis. Sua mãe ficava sentada, sentindo que seu coração se fora, que se tornara de fato uma pedra.

Ao entardecer, Oscar Cresswell não veio, mas Bassett enviou uma mensagem, perguntando se poderia subir por um momento, apenas por um momento. A mãe de Paul ficou bastante irritada com a intrusão, mas, pensando duas vezes, concordou. O menino continuava na mesma situação. Talvez Bassett pudesse trazê-lo à consciência.

O jardineiro, um sujeito baixinho, com um bigode e pequenos olhos castanhos penetrantes, entrou no quarto na ponta dos pés, tocou seu quepe imaginário para a mãe de Paul, e foi, com reserva, para o lado da cama, olhando com olhos cintilantes, pequeninos, para a criança que se debatia, moribundo.

– Senhor Paul! – sussurrou. – Senhor Paul! Malabar chegou folgado em primeiro lugar, uma lavada. Fiz como me mandou. Você ganhou mais de setenta mil libras, ganhou mesmo; conseguiu mais de oitenta mil. Malabar ganhou com tranqüilidade, senhor Paul.

– Malabar! Malabar! Não falei Malabar, mãe? Não falei Malabar? Acha que sou sortudo, mãe? Sabia que era Malabar, não sabia? Mais de oitenta mil libras! Isso é o que eu chamo de sorte, hein, mãe? Mais de oitenta mil libras! Eu sabia, não sabia? Malabar ganhou com folga. Se cavalgo meu cavalo até ter certeza, então lhe digo, Bassett, pode apostar tão alto quanto quiser. Botou tudo nele, Bassett?

– Fui de mil nele, senhor Paul.

– Nunca lhe contei, mãe, que se puder cavalgar meu cavalo, e *chegar lá*, tenho certeza absoluta, ah, absoluta! Mãe, já lhe contei? Eu *sou* sortudo!

– Não, nunca me contou – disse a mãe.

Mas o menino morreu à noite.

E até mesmo enquanto jazia morto, sua mãe ouviu a voz do irmão a dizer-lhe: "Meu Deus, Hester, você tem oitenta e tantos mil a mais, e o pobre coitado de um filho a menos. Mas que pobre coitado, pobre coitado! Foi melhor para ele ter deixado essa vida do que cavalgar um cavalo de balanço para descobrir um vencedor".

# O CEGO



ISABEL PERVIN estava atenta a fim de escutar dois sons – o barulho de rodas na estrada de acesso do lado de fora e o ruído dos passos do marido no átrio. Seu mais querido e velho amigo, um homem que parecia quase indispensável à sua vida, seria conduzido até lá no crepúsculo chuvoso do dia de novembro que terminava. A carruagem havia ido buscá-lo na estação. E seu marido, que ficara cego em Flandres, e tinha uma marca desfiguradora na fronte, estava para vir dos anexos da casa.

Ele havia ficado em casa por um ano então. Ficara totalmente cego. Contudo, eram muito felizes. A Quinta era propriedade de Maurice. Nos fundos ficavam as dependências da fazenda, e os Wernham, que ocupavam a parte de trás da herdade, trabalhavam como fazendeiros. Isabel morava com o marido nos belos aposentos da frente. Ela e ele estiveram quase que inteiramente sozinhos, sem interrupção, desde que ele se ferira. Conversavam e cantavam e liam juntos com uma maravilhosa e inexprimível intimidade. Na época ela resenhava livros para um jornal escocês, mantendo seu antigo interesse, e ele ocupava-se bastante com a fazenda. Sem visão, podia ainda assim tratar de tudo com Wernham, e podia também fazer uma porção de trabalhos no local – trabalhos domésticos, é verdade, mas que lhe davam satisfação. Ordenhava as vacas, trazia os baldes para dentro, manivelava o separador, cuidava dos porcos e cavalos. A vida era ainda muito plena e extraordinariamente serena para o cego, pacífica com a quase que incompreensível paz do contato imediato na escuridão. Com sua mulher, possuía um mundo completo: rico, real e invisível.

Eram felizes, de um modo novo e diferente. Ele nem sequer lamentava a perda da visão nesses tempos de prazer obscuro, palpável. Uma certa exultação enchia-lhe a alma.

Mas com o passar do tempo, por vezes o rico encanto os deixava. Às vezes, após meses dessa intensidade, uma sensação de fardo sobrepujava Isabel, um fastio, um tédio terrível, naquela casa silenciosa cujo acesso passava entre uma colunata de pinheiros de caules altos. Então achava que enlouqueceria, pois não conseguia tolerar isso. E às vezes ele tinha devastadores acessos de depressão, que pareciam assolar-lhe o ser inteiro. Era pior que depressão – um lúgubre infortúnio, quando sua própria vida era uma tortura para si, e quando sua presença era intolerável à mulher. O pavor descia até as raízes da alma dela quando esses dias lúgubres voltavam. Numa espécie de pânico, tentava dedicar-se inteiramente ao marido ainda mais. Forçava a antiga jovialidade e alegria espontânea a continuarem. Mas o esforço que lhe custava era quase que demasiado. Sabia que não podia agüentar. Sentia que gritaria de tensão, e daria qualquer, qualquer coisa, para se livrar. Ansiava por possuir seu marido totalmente; dava-lhe imoderado deleite tê-lo inteiramente para si. E, no entanto, quando ele ficava novamente perdido num infortúnio lúgubre e maciço, ela não conseguia tolerá-lo, nem conseguia tolerar-se a si mesma; desejava que pudesse ser arrebatada completamente para fora da terra, qualquer coisa em vez de viver a esse custo.

Aturdida, arranjava uma saída. Convidava amigos, tentava dar-lhe uma conexão mais extensa com o mundo exterior. Mas não servia de nada. Após todo o prazer e sofrimento, após o grande, secreto ano de cegueira e solidão e inexprimível proximidade, as outras pessoas pareciam a ambos superficiais, tagarelas, mesmo impertinentes. A tagarelice frívola parecia presunçosa. Ele ficava impaciente e irritado, ela ficava enfastiada. E então se afundavam na solidão novamente. Pois a preferiam.

Mas agora, num prazo de poucas semanas, seu segundo bebê nasceria. O primeiro havia morrido, criança, quando o marido partira pela primeira vez à França. Ela esperava com alegria e alívio a vinda do segundo. Seria sua salvação. Mas também sentia um pouco de ansiedade. Tinha trinta anos de idade, seu marido era um ano mais novo. Ambos queriam muito a criança. Ela, porém, não podia evitar que sentisse medo. Tinha o marido sob sua responsabilidade, uma alegria terrível para si, e um fardo aterrorizante. A criança ocuparia seu amor e atenção. E então, o que seria de Maurice? O que ele faria? Se ela ao menos pudesse sentir que ele, também, ficaria em paz e feliz quando a criança viesse! Ela queria muito se deleitar com uma maternidade rica em satisfação física. Mas, o homem, o que faria? Como poderia provê-lo, como afastar aqueles ruinosos, lúgubres humores dele, que os destruíam a ambos?

Ela suspirava de medo. Mas nessa época Bertie Reid escreveu a Isabel. Era seu velho amigo, um primo de segundo ou terceiro grau, escocês, assim como ela. Haviam sido criados próximos um ao outro, e toda a vida ele havia sido seu amigo, como um irmão, mas melhor que seus próprios irmãos. Amava-o – embora não no sentido matrimonial. Havia um tipo de vínculo entre eles, uma afinidade. Compreendiam-se um ao outro por instinto. Mas Isabel jamais teria pensado em casar-se com Bertie. Teria sido como casar-se dentro da própria família.

Bertie era advogado e homem de letras, um escocês do tipo intelectual, sagaz, irônico, sentimental, e de joelhos perante as mulheres que adorava, mas com quem não queria casar-se. Maurice Pervin era diferente. Vinha de uma família do campo antiga e respeitável – a Quinta não estava a uma distância muito grande de Oxford. Era apaixonado, sensível, talvez hipersensível, acuado – um grande sujeito com membros volumosos e uma fronte que ruborizava de forma penosa. Sua mente era lenta, como que drogada pelo forte sangue provinciano que lhe pulsava nas veias. Era muito sensível à própria lentidão mental, sendo seus sentimentos vivos e agudos. De modo que era justamente o oposto de Bertie, cuja mente era bem mais ágil que as emoções, que não eram assim tão aguçadas.

Desde o início os dois homens não gostaram um do outro. Isabel achava que eles *deviam* se dar bem um com o outro. Mas não se davam. Ela achava que, se ao menos cada um pudesse ter a chave do outro, haveria um entendimento extraordinário entre eles. Contudo, isso não aconteceu. Bertie adotou uma atitude levemente irônica, muito ofensiva a Maurice, que retribuiu a ironia escocesa com o ressentimento inglês, um ressentimento que se aprofundava às vezes até o ódio estúpido.

Isso era um pouco complicado para Isabel. Todavia, aceitou-o no decurso das coisas. Os homens se tornavam caprichosos e insensatos. Portanto, quando Maurice estava de partida para a França pela segunda vez, ela achou que, em consideração ao marido, devia terminar a amizade com Bertie. Escreveu ao advogado nesse sentido. Bertram Reid simplesmente respondeu que nessa, bem como em todas outras questões, ele devia obedecer aos desejos dela, se é que fossem de fato seus desejos.

Por quase dois anos nada havia se passado entre os dois amigos. Isabel até que se envaidecia do fato; não tinha remorso. Tinha uma grande profissão de fé, a de que marido e mulher deveriam ser tão importantes um para o outro que o resto do mundo simplesmente não contasse. Maurice e ela eram marido e mulher. Amavam um ao outro. Teriam filhos. Então que deixassem tudo e todos os demais murcharem até a insignificância, fora dessa felicidade conjugal. Ela considerava-se muito feliz e disposta a receber os amigos de Maurice. Estava feliz e disposta: a esposa feliz, a mulher sempre disposta e senhora de si. Sem saber o porquê, os amigos retiravam-se envergonhados, e não voltavam mais. Maurice, é claro, tirava tanta satisfação desta absorção conjugal quanto Isabel.

Ele participava das atividades literárias de Isabel, ela

cultivava um autêntico interesse pela agricultura e criação de gado. Pois ela, sendo de coração, talvez, uma exaltada entusiasta, sempre cultivou o lado prático da vida, e orgulhava-se de sua maestria em afazeres práticos. Assim haviam passado, marido e mulher, os cinco anos da vida de casados. O último havia sido o da cegueira e inexprimível intimidade. E agora Isabel sentia uma grande indiferença tomando conta dela, uma espécie de letargia. Queria que lhe fosse permitido ter seu filho em paz, balançar-se ao pé do fogo e passar despercebida, fisicamente, dia após dia. Maurice era como uma nuvem de trovoada agourenta. Ela tinha de estar sempre despertando para se lembrar dele.

Quando um pequeno bilhete de Bertie chegou, perguntando se era para ele erguer uma lápide à sua amizade morta, e falando da verdadeira pena que sentia por conta da perda da visão de seu marido, ela sentiu uma pontada, a agitação alvoroçada de um novo despertar. E leu a carta para Maurice.

– Convide-o a vir até aqui – ele disse.

– Convidar Bertie a vir aqui!? – repetiu ela.

– Sim, se ele quiser.

Isabel hesitou por alguns instantes.

– Sei que ele quer – ficaria muitíssimo contente – respondeu. – Mas, e quanto a você, Maurice? Que tal lhe parece?

– Isso me agradaria.

– Bem, nesse caso... Mas eu achava que não gostasse dele...

– Não sei. Talvez o considere de modo diferente agora – respondeu. Era um pouco confuso para Isabel.

– Bem, querido – disse –, se tem mesmo certeza...

– Claro que tenho. Que venha – disse Maurice.

De modo que Bertie estava vindo, nessa mesma noite, na chuva e escuridão de novembro. Isabel estava agitada, oprimida com sua velha impaciência e indecisão. Sempre havia sofrido com essa dor da dúvida, na verdade uma sensação de angústia e incerteza. Esta havia começado a passar, na letargia da maternidade. Agora retornava, e ela sentia-se amargurada. Lutava como de costume para manter a postura confiante, tranqüila, amigável, uma espécie de máscara que vestisse sobre o corpo todo.

Uma mulher havia acendido uma lamparina ao lado da mesa, e estendido a toalha. A comprida sala de jantar era pouco iluminada, com suas peças elegantes, mas algo despojadas, de mobília antiga. Apenas a mesa redonda brilhava suavemente sob a luz, produzindo um efeito vivo, belo. A toalha branca brilhava e deixava cair suas pesadas bordas de renda quase até o tapete, a louça era antiga e bonita, amarelo-creme, com um motivo decorativo difuso, vermelho berrante e azul profundo, as xícaras grandes, em forma de sino, o bule de chá requintado. Isabel olhava-a com um apreço apenas aparente.

Seu nervosismo a magoava. Olhou automaticamente de novo para as altas janelas descortinadas. No ápice do crepúsculo, só conseguia perceber do lado de fora um enorme abeto com galhos que balançavam: era como se pensasse naquilo em vez de enxergá-lo. A chuva chegou voando sobre as vidraças. Ah, por que não ficava em paz? Esses dois homens, por que a dilaceravam? Por que não chegavam – por que havia essa suspensão?

Sentou-se com uma lassitude que era na verdade expectativa e irritação. Maurice, ao menos, poderia entrar – não havia nada que o mantivesse fora. Levantou-se e ficou de pé. Dando com os olhos em seu reflexo num espelho, olhou-se de relance com um ligeiro sorriso de reconhecimento, como se fosse uma velha amiga de si mesma. Seu rosto era oval e calmo, o nariz um pouco arqueado. Seu pescoço formava uma bela linha até o ombro. Com o cabelo casualmente preso atrás, possuía algo de um aspecto afetuoso, maternal. Pensando isto de si mesma, arqueava as sobrancelhas e pálpebras um tanto pesadas, com o pequeno estremecimento de um sorriso, e por um momento seus olhos cinzentos pareciam entretidos e travessos, um pouco sarcásticos, em seu rosto transfigurado de glorificada Madona.

Então, reassumindo seu ar de paciência feminina – possuía na verdade uma autodeterminação fatal – foi com uma pequena guinada na direção da porta. Seus olhos estavam levemente avermelhados.

Passou pelo amplo átrio, e por uma porta no final. Encontrava-se aí no casario da herdade. O odor da vacaria, da cozinha da fazenda, do terreiro e do couro quase a dominaram: mas principalmente o odor da vacaria. As panelas tinham sido escaldadas. A passagem lajeada à sua frente estava escura, encharcada e enlameada. Uma luz saía da porta aberta da cozinha. Foi na direção dela e parou na entrada. Os peões tomavam o chá, sentados a pouca distância dela, à volta de uma mesa comprida, estreita, no centro da qual ficava uma lamparina branca. Rostos corados, mãos coradas pegando comida, bocas vermelhas mastigando, cabeças curvadas sobre xícaras de chá: homens, moças da roça, moços: era hora do chá, hora do repasto. Alguns rostos deram com os olhos nela.

A sra. Wernham, dando a volta por trás das cadeiras com um grande bule de chá preto, mancando ligeiramente ao andar, não se deu conta dela por um momento. Então se voltou de súbito.

– Ah, é a madame! – exclamou. – Entre, pois, entre! Estamos tomando o chá. – E arrastou uma cadeira para frente.

– Não, não entrarei – disse Isabel. – Desculpe interromper sua refeição.

– Não... não... nem um pouco, madame, nem um pouco.

– Não sabe se o Sr. Pervin já entrou?

– Não saberia dizer, com certeza! Deu pela falta dele, madame?

– Não, só queria que ele entrasse – riu-se Isabel, como que tímida.

– Queria que entrasse, sim? Levanta, menino – levanta, agora...

A sra. Wernham bateu no ombro de um dos meninos. Este arrastou os pés para trás ao levantar-se, dando grandes mastigadas.

– Acho que está no estábulo principal – disse outro rosto da mesa.

– Ah! Não, não se levante. Eu mesma vou – disse Isabel.

– Não vai para fora numa noite de borrasca como

esta. Deixa o rapaz ir. Dá o pira, menino – disse a sra. Wernham.

– Não, não – disse Isabel, com uma decisão que era sempre obedecida. – Continue com seu chá, Tom. Gostaria de ir até o estábulo, sra. Wernham.

– Nunca dá ouvidos ao que dizem!? – exclamou a mulher.

– A carruagem não está atrasada? – perguntou Isabel.

– Ora, não – disse a sra. Wernham, esquadrinhando a distância o relógio alto, obscurecido. – Não, madame – pode dar mais um quarto de hora ou 20 minutos ainda, bom... sim, um quarto de hora certinho.

– Ah! Parece tarde quando a escuridão cai tão cedo – disse Isabel.

– Que parece, parece. Dias aborrecidos, em que se encolhem assim – disse a sra. Wernham. – Imprestáveis mesmo!

– Se são – disse Isabel, retirando-se.

Calçou suas galochas, enrolou-se num grande xale escocês, pôs um chapéu de feltro masculino, e atreveu-se a sair pelas calçadas do primeiro cercado. Estava muito escuro. O vento troava nos grandes olmos atrás dos anexos. Quando chegou ao segundo cercado, a escuridão parecia mais profunda. Estava incerta de onde pisar. Bem que gostaria de ter levado um lampião. A chuva soprava contra si. Ela em parte gostava, em parte se sentia relutante em combater.

Alcançou enfim a porta do estábulo, parcamente visível. Não havia sinal de luz em lugar algum. Abrindo a metade superior, olhou para dentro: para dentro de um poço de escuridão absoluta. A exalação dos cavalos, de amônia e de calor lhe era espantosa, naquela noite plena. Ela era toda ouvidos, mas não conseguia escutar nada exceto a noite, e a agitação de um cavalo.

– Maurice! – chamou, de maneira suave e musical, apesar de estar com medo. – Maurice, você está aí?

Nada veio da escuridão. Ela sabia que a chuva e o vento sopravam sobre os cavalos, a quente vida animal. Sentindo que era errado, entrou no estábulo e fechou a metade inferior da porta, mantendo a parte de cima encostada. Não se mexia, pois estava ciente da presença dos traseiros obscurecidos dos cavalos, apesar de não poder vê-los, e tinha medo. Algo selvagem agitava-se no seu coração.

Escutava muito compenetrada. Daí ouviu um pequeno ruído a distância – muito longe, parecia – o tinido de uma panela, e a voz de um homem pronunciando uma breve ordem. Era Maurice, na outra parte do estábulo. Ficou imóvel, esperando-o vir pela porta do tabique. Os cavalos estavam numa proximidade aterradora, no invisível.

O rangido alto do trinco da porta fê-la sobressaltar-se; a porta foi aberta. Podia ouvir e sentir o marido entrando e passando, invisível, entre os cavalos próximos a ela e, como estavam na escuridão, entremesclados na atividade. O som um tanto baixo da voz dele enquanto falava com os cavalos chegava aveludado aos seus nervos. Quão perto ele estava, e quão invisível! A escuridão parecia estar num estranho turbilhão de vida violenta, logo acima dela. Ficou tonta.

Sua presença de espírito fez com que ela o chamasse, tranqüila e musical:

– Maurice! Maurice, queriiido!

– Sim – respondeu. – Isabel?

Ela não via nada, e o som da voz dele parecia tocá-la.

– Olá! – ela respondeu animada, forçando a vista para enxergá-lo. Ele ainda estava ocupado, tratando dos cavalos próximos a ela, mas ela só via escuridão. Isso a deixou quase desesperada.

– Você não vai entrar, querido?

– Sim, estou indo. Só um minuto. *Tome cuidado – agora!* A carruagem não chegou, chegou?

– Ainda não – disse Isabel.

A voz dele era agradável e normal, mas algo nela lembrava-lhe a atmosfera do estábulo. Desejava que ele viesse para fora. Enquanto ele estivesse completamente invisível, tinha medo dele.

– Que horas são? – ele perguntou.

– Nem seis ainda – ela respondeu. Detestava responder para a escuridão. Ele logo chegou muito perto dela, e ela retirou-se ao ar livre.

– O tempo está tempestuoso aqui – ele disse, avançando com equilíbrio, tateando as portas. Ela se esquivou. Enfim podia vê-lo vagamente.

– Bertie não fará lá um grande passeio – ele disse, ao fechar as portas.

– Não mesmo! – disse Isabel calmamente, observando o vulto escuro à porta.

– Dê-me seu braço, querido – disse.

Pressionava o braço dele junto a si, enquanto caminhavam. Mas ansiava por vê-lo, por olhar para ele. Estava nervosa. Ele andava ereto, com o rosto um tanto levantado, mas com um movimento hesitante singular de suas pernas robustas, musculosas. Ela podia sentir o contato hábil, cuidadoso, forte, dos pés dele com a terra, ao equilibrar-se apoiada nele. Por um momento, ele era uma torre de escuridão para ela, como se se erguesse da terra.

Na passagem da casa, cambaleou, e seguiu cauteloso, com uma singular aura de silêncio à sua volta enquanto tateava o banco. Sentou-se vagarosamente. Era um homem de ombros um tanto caídos, mas de membros volumosos, pernas robustas que pareciam conhecer a terra. Sua cabeça era pequena, normalmente mantida para cima e com leveza. Ao inclinar-se para desatar as polainas e botinas, não parecia cego. Seus cabelos eram castanhos e crespos, as mãos largas, avermelhadas, hábeis, as veias salientes nos pulsos; e as coxas e joelhos pareciam maciços. Quando se levantava, rosto e pescoço ficavam sobrecarregados de sangue, as veias ficavam salientes nas têmporas. Ela não olhava para a cegueira dele.

Isabel sempre ficava contente quando passavam pela porta divisória, para dentro do seu próprio território de repouso e beleza. Tinha um pouco de medo dele lá fora, na brutalidade animal dos fundos. A postura dele também mudava, ao sentir o odor familiar, indefinível, que permeava o ambiente da sua mulher, um aroma delicado, refinado, de uma fragrância bem tênue. Talvez viesse das tigelas de pot-pourri[1]

Ele ficou ao pé da escada, suspenso, a escutar. Ela observava-o, e seu coração desfalecia. Ele parecia estar escutando o destino.

– Ele não está aqui ainda – disse. – Vou subir e me trocar.

– Maurice – ela disse –, não está com desejo de que ele não viesse, está?

– Não saberia dizer, na verdade – respondeu. – Antes me sinto de sobreaviso.

– Dá para ver que está – ela respondeu. E esticou-se e beijou-lhe a bochecha. Viu sua boca relaxar num lento sorriso.

– Do que você está rindo? – disse ela, marota.

– De você me consolando – respondeu.

– Nada disso – ela respondeu. – Por que o consolaria? Você sabe que amamos um ao outro, sabe *o quão* casados estamos! Que mais importa?

– Absolutamente nada, minha querida.

Ele procurou sua face às apalpadelas, e tocou-a, sorrindo.

– Está tudo bem com *você*, não está? – perguntou ele, ansioso.

– Tudo está maravilhosamente bem comigo, amor – respondeu. – É com você que fico um pouco preocupada, às vezes.

[1] Mistura aromática à base de pétalas de flores secas, ervas e especiarias. [N. do T.]

– Por que comigo? – disse ele, tocando delicadamente suas bochechas com a ponta dos dedos. O toque tinha um efeito quase hipnotizante sobre ela.

Ele foi-se embora escada acima. Ela viu-o subir escuridão adentro, sem ver e sem se alterar. Ele não sabia que as lâmpadas no corredor de cima estavam apagadas. Continuou a adentrar a escuridão com passos constantes. Ela ouviu-o no banheiro.

Pervin movia-se quase que inconscientemente no seu ambiente familiar, embora tudo fosse escuro. Parecia distinguir a presença dos objetos antes de tocá-los. Era um prazer para ele mexer-se assim através de um mundo de coisas, levado pela corrente numa espécie de presciência do sangue. Não pensava nem se incomodava muito. Desde que mantivesse esse absoluto imediatismo do contato do sangue com o mundo substancial, ficava feliz, não queria intervenção alguma da consciência visual. Nesse estado havia certa positividade preciosa, tocando às vezes as raias do êxtase. A vida parecia mover-se nele como uma maré que fosse cobrindo, cobrindo, e ao avançar, fosse envolvendo todas as coisas no escuro. Era um prazer estirar a mão à frente e encontrar o objeto não visto, segurá-lo, e possuí-lo em puro contato. Não tentava lembrar-se, visualizar. Não o queria. A nova forma de consciência nele se fez substituta.

A rica infusão desse estado geralmente o mantinha feliz, alcançando sua culminação na paixão devoradora por sua mulher. Mas às vezes o fluxo parecia estancar e reverter-se. Então pulsava dentro de si como um mar tumultuado, torturado pelo caos arruinado do seu próprio sangue. Chegava a apavorar-se com essa suspensão, essa reversão, esse caos dentro de si, quando parecia estar simplesmente à mercê de seus próprios elementos poderosos e conflitantes. Como conseguir alguma medida de controle ou certeza, eis a questão. E quando a questão surgia-lhe enlouquecedora, cerrava os punhos como se fosse *obrigar* o universo inteiro a submeter-se a ele. Mas era em vão. Não conseguia sequer obrigar a si mesmo.

Nessa noite, contudo, ainda estava sereno, apesar dos pequenos tremores de insensata exasperação que o atravessavam. Tinha de manusear a navalha com muito cuidado ao barbear-se, pois ela não se avia com ele, tinha medo dela. Sua audição também estava por demais aguçada. Ouviu a mulher acendendo as lâmpadas no corredor, e cuidando do fogo no quarto do hóspede. E então, quando se dirigia para seu quarto, ouviu a carruagem chegar. Depois ouviu a voz de Isabel, alta, chamando, como o soar de uma campainha:

– É você, Bertie? Já chegou?

E uma voz de homem, vinda do nada, respondeu:

– Olá, Isabel! Olhe só para você.

– Teve uma viagem desconfortável? Lamento tanto que não pudéssemos mandar uma carruagem fechada. Não consigo enxergá-lo nem um pouco, sabia?

– Já vou. Não, eu gostei da viagem, foi como em Perthshire. Bem, como vai você? Pelo que vejo, parece muito bem, como sempre.

– Ah, sim – disse Isabel. – Estou maravilhosamente bem. Como vai você? Um pouco magro, eu acho...

– Morto de tanto trabalho – a velha choradeira de

todos. Mas estou muito bem, mana. Como vai o Pervin? Não está aqui?

– Oh, sim, está lá em cima se trocando. Está ótimo, sim. Tire essas coisas molhadas; vou mandá-las secar.

– E como vão vocês, de ânimo? Ele não se queixa?

– Não, não, de modo algum. Pelo contrário, de verdade. Estamos maravilhosamente felizes, é incrível. É mais do que eu consiga entender – tão maravilhoso: a proximidade, e a paz...

– Ah! Bem, que ótimas notícias, formidáveis mesmo...

Eles se afastaram.

Pervin não escutou mais nada. Mas uma sensação pueril de desolação havia tomado conta de si, ao ouvir suas vozes animadas. Ele parecia barrado – como uma criança que é deixada de fora. A esmo e excluído, não sabia o que fazer consigo mesmo. Uma desolação impotente se apoderou dele. Apalpava-se com nervosismo ao vestir-se, quase num estado de puerilidade. Detestava o sotaque escocês de Bertie, e a pronta resposta que encontrava no linguajar de Isabel. Detestava o leve ronronar de complacência no modo de falar escocês. Detestava com veemência a maneira loquaz com que Isabel falava da felicidade e proximidade deles. Fazia-o retrair-se. Estava encrespado e fora de si como uma criança, tinha quase que uma nostalgia pueril de ser incluído no círculo da vida. E ao mesmo tempo era um homem, sombrio e robusto e enfurecido com sua própria fraqueza. Por um defeito fatal, não podia existir por si só, tinha de contar com o amparo de outrem. E essa completa dependência o enfurecia. Odiava Bertie Reid e, ao mesmo tempo, sabia que o ódio era uma besteira, sabia que era resultado de sua própria fraqueza.

Desceu as escadas. Isabel estava sozinha na sala de jantar. Ela o observou entrar, de cabeça ereta, os pés hesitantes. Ele parecia ter o sangue vigoroso e saudável e, ao mesmo tempo, parecia cortado. Cortado – era essa a palavra que passava como um raio pela mente dela. Talvez suas cicatrizes a sugerissem.

– Ouviu Bertie chegar, Maurice? – ela disse.

– Sim, ele não está aqui?

– Está no quarto. Parece muito magro e esgotado.

– Imagino que se mate de tanto trabalhar.

Uma mulher entrou com uma bandeja, e após alguns minutos Bertie desceu. Era um homenzinho moreno, com uma testa muito alta, cabelos ralos, os olhos grandes e tristes. Sua expressão era excessivamente triste, quase cômica. Tinha pernas curtas, esquisitas.

Isabel observava-o a hesitar sob a porta, e a olhar seu marido de soslaio com nervosismo. Pervin ouviu-o e voltou-se.

– Ora, cá está você – disse Isabel. – Venham, vamos comer.

Bertie cruzou a sala até Maurice.

– Como vai, Pervin? – disse, enquanto avançava.

O cego estendeu a mão no espaço, e Bertie tomou-a.

– Muito bem disposto. É um prazer que tenha vindo – disse Maurice.

Isabel olhou-os de relance, e desviou o olhar, como se não pudesse tolerar a visão deles.

– Venham – disse. – Não estão os dois morrendo de fome? Eu estou, com uma fome tremenda.

– Desculpe-me tê-los feito esperar – disse Bertie, ao sentarem-se.

Maurice tinha uma maneira singular, quase monolítica de se sentar numa cadeira, ereto e distante. O coração de Isabel palpitava sempre que o avistava assim.

– Não – respondeu ela a Bertie. – É só um pouco mais tarde que o habitual. Vai ser uma espécie de chá reforçado, não jantar. Você se importa? Assim passaremos uma noite longa e agradável, sem interrupção.

– Eu prefiro assim – disse Bertie.

Maurice tateava, com pequenos movimentos singulares – quase como um gato que afofa sua cama, seu lugar –, a faca e o garfo, o guardanapo. Memorizava todo o arranjo do serviço de mesa em sua mente. E permanecia sentado ereto e inescrutável, de aparência alheia. Bertie observava a figura estática do cego, o débil discernimento tátil das mãos grandes, avermelhadas, e a singular quietude inconsciente da fronte, acima da cicatriz. Com dificuldade, desviou o olhar, e sem saber o que fazia, apanhou da mesa uma tigelinha de cristal com violetas, e levou-a ao nariz.

– Têm um perfume agradável – disse. – De onde vêm?

– Do jardim, de um canteiro ao pé das janelas – disse Isabel.

– Assim no finzinho do ano, e tão perfumadas! Lembra-se das violetas ao pé do muro do lado sul da tia Bell?

Os dois amigos olharam um para o outro e trocaram um sorriso, os olhos de Isabel se iluminaram.

– Se lembro? – respondeu. – Ela não era *esquisita*!?

– Uma velhinha estranha – riu-se Bertie. – Há um traço de excentricidade na família, Isabel.

– Ah, mas não em você e eu, Bertie – disse Isabel. – Dê-as ao Maurice, sim? – acrescentou, visto que Bertie estava pousando as flores sobre a mesa. – Já cheirou as violetas, querido? Cheire! São tão perfumadas.

Maurice estendeu a mão, e Bertie colocou a tigela miúda contra seus dedos largos, de aspecto ardente. A mão de Maurice fechou-se sobre os finos dedos brancos do advogado. Bertie desvencilhou-se cuidadosamente. Então os dois observaram o cego aspirar as violetas. Abaixou a cabeça e parecia estar pensando. Isabel esperava.

– Não são agradáveis, Maurice? – disse enfim, com ansiedade.

– Muito – disse ele. E estendeu a tigela. Bertie tomou-a. Ambos, ele e Isabel, estavam com um pouco de medo, e profundamente perturbados.

A refeição continuou. Isabel e Bertie tagarelavam espasmodicamente. O cego ficou em silêncio. Tocava a comida repetidas vezes, com toques ligeiros, delicados, da ponta da faca, depois cortava bocados irregulares. Não podia tolerar ser ajudado. Ambos Isabel e Bertie padeciam: Isabel perguntava-se o porquê. Não padecia quando estava sozinha com Maurice. Bertie deixou-a consciente dessa estranheza.

Após a refeição os três arrastaram suas cadeiras até o fogo, e sentaram-se para conversar. As decantadeiras foram postas numa mesa próxima, à mão. Isabel cutucou as achas no fogo, e nuvens de centelhas brilhantes subiram pela chaminé. Bertie notou uma leve fadiga na sua postura.

– Ficará contente quando a criança chegar, Isabel? – perguntou.

Ela levantou os olhos para ele com um ligeiro sorriso abatido.

– Sim, ficarei contente – respondeu. – Já está demorando. Sim, ficarei muito contente. Assim como Maurice ficará, não é, Maurice? – acrescentou.

– Sim, ficarei – respondeu o marido.

– Estamos ambos aguardando-a com muita ansiedade – disse ela.

– Sim, é claro – disse Bertie.

Ele era um solteirão, três ou quatro anos mais velho que Isabel. Morava num belo apartamento com vista para o rio, cuidado por um fiel empregado escocês. E tinha suas amigas em meio ao belo sexo – amantes não, amigas. Desde que pudesse evitar qualquer perigo de cortejo ou casamento, adorava algumas mulheres respeitáveis com confiável e infalível homenagem, e era afetuoso de modo cavalheiresco com várias delas. Mas se pareciam passar dos limites com ele, retirava-se e as execrava.

Isabel conhecia-o muito bem, conhecia sua bela fidelidade, sua gentileza, e da mesma maneira sua incurável fraqueza, que sempre o tornava incapaz de entrar em contato íntimo de qualquer espécie. Ele tinha vergonha de si mesmo, porque não conseguia se casar, não conseguia se aproximar fisicamente das mulheres. Desejava fazê-lo. Mas não conseguia. Em seu âmago, tinha medo, um medo impotente e até brutal. Havia desistido da esperança, havia cessado de acreditar, ainda mais, que pudesse furtar-se à própria fraqueza. Daí que fosse um brilhante e bem-sucedido advogado, além de *littérateur* de grande reputação, um homem rico, bem-sucedido no meio social. Em seu âmago, sentia-se neutro, uma nulidade.

Isabel conhecia-o bem. Desprezava-o até mesmo quando o admirava. Olhava para sua cara triste, suas perninhas curtas, e sentia menosprezo por ele. Olhava para seus olhos cinza-escuros, com sua intuição excepcional, quase infantil, e adorava-o. Ele compreendia, para a sua surpresa – mas ela não tinha medo algum de sua compreensão. Enquanto homem, ela o tratava com condescendência.

E voltou-se para a figura impassível, silenciosa, de seu marido. Ele sentava-se recostado, de braços cruzados, e o rosto um pouco erguido. Seus joelhos eram retos e maciços. Ela suspirou, apanhou o atiçador, e de novo começou a cutucar o fogo, para fazer levantar as nuvens de centelhas suaves, brilhantes.

– A Isabel me diz – Bertie começou de súbito – que você não tem sofrido de modo intolerável com a perda da visão.

Maurice endireitou-se para dar atenção, mas mantinha os braços cruzados.

– Não – disse –, não de modo intolerável. De vez em quando luto contra ela, você sabe. Mas há compensações.

– Dizem que é muito pior ser surdo como uma porta – disse Isabel.

– Acredito que seja – disse Bertie. – Há compensações? – acrescentou, a Maurice.

– Sim. Você pára de se aborrecer com um montão de coisas. – De novo, Maurice esticou o corpo, esticou os fortes músculos das costas, e inclinou-se para trás, com o rosto levantado.

– E isso é um alívio – disse Bertie. – Mas o que fica no lugar do aborrecimento? O que substitui a atividade?

Houve uma pausa. Finalmente o cego respondeu, como que a partir de uma cogitação negligente, desatenta:

– Ah, não sei. Há uma porção de coisas quando você não está ativo.

– Há? – disse Bertie. – O que, exatamente? Sempre me parece que, quando não há pensamento algum e ação alguma, não há nada.

De novo, Maurice foi lento para responder.

– Há alguma coisa – respondeu. – Não saberia lhe dizer o quê.

E a conversa teve um lapso mais uma vez, Isabel e Bertie tagarelando fofocas e reminiscências, o cego em silêncio.

Finalmente, Maurice levantou-se irrequieto, uma figura grande, indiscreta. Sentia-se apertado e tolhido. Queria ir-se embora.

– Importam-se – disse – se sair e for falar com Wernham?

– Não, vá em frente, querido – disse Isabel.

E ele saiu. Um silêncio tomou conta dos dois amigos. Finalmente, Bertie disse:

– Apesar de tudo, é uma grande privação, maninha.

– É, Bertie. Sei que é.

– Algo faltando o tempo todo – disse Bertie.

– Sim, eu sei. E, no entanto, o Maurice está certo. Há uma outra coisa, alguma coisa *ali*, que você nunca soube que estivesse ali, e que você não pode exprimir.

– O que é que há? – perguntou Bertie.

– Não sei, é tremendamente difícil de definir, algo forte e imediato. Há algo estranho na presença do Maurice, indefinível, mas eu não poderia passar sem isso. Concordo com que pareça um tanto tedioso. Mas quando estamos sozinhos não sinto falta de nada; parece formidavelmente rico, quase esplêndido, sabe?

– Receio que eu não entenda – disse Bertie.

Conversaram digressivamente. O vento soprava ruidoso do lado de fora, a chuva trepidava nas vidraças das janelas, fazendo um surdo som de tambor, por causa das persianas fechadas, de um suave dourado, do lado de dentro. As achas queimavam devagar, com pequenas chamas ardentes, quase invisíveis. Bertie parecia inquieto, havia olheiras escuras à volta de seus olhos. Isabel, viçosa com a maternidade que se aproximava, inclinou-se, olhando o fogo. Seus cabelos encaracolavam-se com fios soltos, peculiares, muito agradáveis ao homem. Mas ela tinha um confuso sentimento de antigo pesar no coração, pesar antigo, infindo, noturno.

– Acho que somos todos mais ou menos deficientes – disse Bertie.

– Acho que sim – disse Isabel, fatigada.

– Condenados, mais cedo ou mais tarde.

– Não sei – disse ela, agitando-se. – Sinto-me na verdade muito bem. A criança que está chegando parece deixar-me indiferente a tudo, simplesmente plácida. Não consigo sentir que haja algo com que se preocupar.

– Isso é bom, eu diria – respondeu ele devagar.

– Bem, é isso mesmo. Acho que é simplesmente a natureza. Se ao menos eu sentisse que não precisaria me preocupar tanto com Maurice, ficaria absolutamente contente...

– Mas você sente que deve preocupar-se com ele?

– Bem, não sei... – chegou mesmo a sentir-se magoada com isso.

A noite passava devagar. Isabel olhou para o relógio.

– Ouça – disse ela. – São quase dez horas. Por onde andará o Maurice? Tenho certeza de que todos já se recolheram. Com licença, um instante.

Saiu, voltando quase de imediato.

– Está tudo fechado e escuro – disse. – Gostaria de saber onde ele está. Deve ter ido até a fazenda...

Bertie olhou para ela.

– Com certeza virá para dentro – disse.

– Com certeza que sim – ela disse. – Mas não é comum ficar fora a esta hora.

– Gostaria que eu fosse lá fora e desse uma olhada?

– Bem, se não se importar. Eu iria, mas... Não queria fazer esforço físico.

Bertie vestiu um velho sobretudo e pegou um lampião. Saiu pela porta lateral. Encolheu-se por causa da noite chuvosa e troante. Tal tempo exercia sobre ele um efeito nervoso: demasiada umidade em todo lugar fazia-o sentir-se quase um imbecil. De má vontade, passou por tudo. Um cão latiu para ele com violência. Perscrutou todo o casario. Enfim, ao abrir a porta de cima de uma espécie de estábulo intermediário, ouviu um barulho de moagem, e olhando para dentro, suspendendo o lampião, viu Maurice, em mangas de camisa, parado a escutar, refreando a manivela de um despolpador de nabo. Estivera despolpando alcaçuzes, uma pilha dos quais se encontrava amontoada, indistinta, num canto atrás dele.

– É você, Wernham? – disse Maurice, a escutar.

– Não, sou eu – disse Bertie.

Uma grande gata cinzenta, semi-selvagem, estava roçando as pernas de Maurice. O cego curvou-se para esfregar-lhe os flancos. Bertie observava a cena, então inconscientemente entrou e fechou a porta atrás de si. Estava numa espécie de curral principal, do qual, à direita e à esquerda, estendiam-se os corredores em frente ao gado nas baias. Observava o movimento lento, curvado, do outro homem, enquanto acariciava a grande gata.

Maurice endireitou-se.

– Veio me procurar? – disse.

– Isabel estava um pouco inquieta – disse Bertie.

– Vou entrar. Gosto de me meter nestes trabalhos.

A gata havia erguido o corpo sinistro, felino, em todo seu comprimento contra a perna dele, agarrando-se afetuosa à sua coxa. Ele retirou as garras de sua perna.

– Espero que eu não o esteja atrapalhando aqui na Quinta – disse Bertie, um tanto tímido e constrangido.

– Atrapalhando? Não, nem um pouco. Alegro-me que Isabel tenha alguém com quem conversar. Receio que seja eu quem esteja atrapalhando. Sei que não sou companhia muito animada. Está tudo bem com a Isabel, não está? Não está infeliz, está?

– Creio que não.

– O que ela diz?

– Diz que está muito contente, só um pouco preocupada com você.

– Por que comigo?

– Talvez com medo de que você possa ficar se remoendo – disse Bertie, cauteloso.

– Ela não precisa ter medo disso. – Continuou a acariciar a cabeça achatada, cinzenta, da gata com os dedos. – O que eu tenho é um pouco de medo – prosseguiu – de que ela me ache um peso morto, sempre sozinha comigo por aqui.

– Não acho que você precise pensar nisso – disse Bertie, embora fosse justamente isso o que ele próprio temia.

– Não sei – disse Maurice. – Às vezes sinto que não

é justo que ela me carregue nas costas. – Então baixou a voz de modo estranho. – Escute – perguntou, lutando secretamente consigo mesmo –, meu rosto está muito desfigurado? Importa-se de me dizer?

– Há uma cicatriz – disse Bertie, hesitante. – Sim, é uma desfiguração. Porém, mais lamentável que chocante.

– Uma cicatriz bem desagradável, no entanto – disse Maurice.

– Oh, sim.

Houve uma pausa.

– Às vezes sinto que sou horrível – disse Maurice, com uma voz baixa, como se falasse consigo mesmo. E Bertie realmente sentiu um estremecimento de horror.

– Isso é tolice – disse.

Maurice endireitou-se de novo, deixando a gata.

– É impossível dizer – disse. Então de novo, num tom esquisito, acrescentou:

– Não o conheço de verdade, conheço?

– Provavelmente não – disse Bertie.

– Importa-se se eu o tocar?

O advogado recuou instintivamente. E no entanto, por pura filantropia, disse, com uma voz débil:

– De modo algum.

Mas sofria enquanto o cego estendia uma mão forte, nua, em sua direção. Maurice derrubou por acidente o chapéu de Bertie.

– Pensei que fosse mais alto – disse, ao começar. Então pousou a mão sobre a cabeça de Bertie, fechando o domo do crânio com um aperto suave, firme, apanhando-o, por assim dizer; daí, deslocando o aperto com suavidade, e fechando de novo, com uma pressão delicada, rente, até que tivesse coberto o crânio e a face do homem menor, traçando as sobrancelhas, e tocando os olhos fechados, protuberantes, tocando o pequeno nariz e as narinas, o áspero, curto bigode, a boca, o queixo um tanto pronunciado. A mão do cego apertou o ombro, o braço, a mão do outro. Ele parecia cingi-lo, com um aperto suave, deslizante.

– Você parece jovem – disse por fim, calmamente.

O advogado ficou completamente aniquilado, incapaz de responder.

– Sua cabeça parece tenra, como se você fosse jovem – Maurice repetiu. – Assim como suas mãos. Toque meus olhos, sim? Toque minha cicatriz.

Nesse momento Bertie estremeceu de repulsa. Contudo, estava sob o poder do cego, como que hipnotizado. Levantou a mão, e pousou os dedos na cicatriz, nos olhos marcados. Maurice de repente cobriu-os com a própria mão, pressionou os dedos do outro sobre as órbitas desfiguradas, que tremiam em cada fibra, pulsando delicada, lentamente, de lado a lado. Permaneceu assim por um minuto ou mais, ao passo que Bertie ficou como que desfalecido, inconsciente e aprisionado.

Então, de repente, Maurice retirou a mão do outro de sua testa, e ficou a segurá-la na sua.

– Ó, meu Deus – disse –, nós conheceremos um ao outro agora, não? Agora nós nos conheceremos.

Bertie não conseguia responder. Olhava fixamente, mudo e acometido de terror, sobrepujado pela própria fraqueza. Sabia que não podia responder. Possuía um medo insensato de que o outro o destruiria a qualquer momento. Ao passo que Maurice estava na verdade pleno de amor ardente, pungente, a paixão da amizade. Talvez fosse dessa própria paixão da amizade que Bertie mais se esquivava.

– Agora está tudo bem entre nós, não está? – disse Maurice. – Está tudo certo agora, enquanto vivermos, no que nos diz respeito.

– Sim – disse Bertie, tentando escapar de qualquer maneira.

Maurice ficou de cabeça erguida, como que a escutar. O novo cumprimento delicado de amizade possível havia-lhe chegado como uma revelação e surpresa, algo intenso e inesperado. Parecia estar atento a escutar, a fim de ouvir se aquilo era real.

Então se voltou, à procura do casaco.

– Venha – disse –, vamos até Isabel.

Bertie pegou o lampião e abriu a porta. A gata desapareceu. Os dois homens seguiram em silêncio ao longo das calçadas. Isabel, ao chegarem, achou que seus passos soavam estranhos. Tomou coragem, patética e ansiosamente, à entrada deles. Parecia haver um surpreendente júbilo na expressão de Maurice. Bertie estava abatido, de olhos encovados.

– O que foi? – ela perguntou.

– Tornamo-nos amigos – disse Maurice, parado com os pés afastados, como um estranho colosso.

– Amigos! – repetiu Isabel. E olhou de novo para Bertie. Este lhe cruzou os olhos com um furtivo, abatido olhar; seus olhos estavam como que vidrados de desgraça.

– Estou tão contente – disse ela, em absoluta perplexidade.

– Sim – disse Maurice.

Ele estava de fato muito contente. Isabel tomou-lhe a mão nas suas, e segurou-a com firmeza.

– Você ficará mais feliz agora, querido – disse.

Mas observava Bertie. Sabia que ele tinha um desejo – escapar dessa intimidade, dessa amizade, que lhe havia sido imposta. Não tolerava que tivesse sido tocado pelo cego, sua reserva insana violada. Parecia um molusco cuja concha se partira.

Um homem desceu do ônibus que faz o trajeto de Penzance a St. Just-in-Penwith e rumou para o norte, colina acima e na direção da Estrela Polar. Eram apenas seis e meia, mas as estrelas já cintilavam, uma brisa fria soprava do mar, e o farol, com sua luz cristalina e pulsante, oscilava intermitente abaixo dos penhascos no entardecer.

O homem estava sozinho. Percorria o caminho sem hesitar, mas olhava para os lados com uma curiosidade precavida. Casas de máquinas das minas de estanho, altas, arruinadas, avultavam na escuridão de vez em quando, como vestígios de uma civilização extinta. As luzes nas cabanas dos mineiros, espalhadas pela íngreme escuridão, tremeluziam desoladoras em sua desordem, e no entanto, tremeluziam com a acolhedora solidão da noite céltica.

Ele marchava com firmeza, sempre atento em sua curiosidade. Era um homem alto, bem-composto, evidentemente na flor da idade. Seus ombros eram retos e até rígidos, ele inclinava-se um pouco para frente ao andar, na altura dos quadris, como um homem que tem de curvar-se para diminuir sua estatura. Mas não abaixava os ombros – dobrava suas costas retas na altura dos quadris.

De vez em quando, mineiros da Cornualha, figuras baixas, de pernas grossas e passos firmes, cruzavam-lhe o caminho, e ele, invariavelmente, dava-lhes as boas-noites, como para provar que estava em seu ambiente familiar. Falava com o sotaque do oeste da Cornualha. E, enquanto ia pela estrada monótona, ora olhando para as luzes das cabanas em terra, ora para as luzes distantes no mar – navios guinando à vista do farol de Longships, toda a escuridão e grandeza do oceano Atlântico entre ele e a América –, parecia um pouco entusiasmado e satisfeito consigo mesmo, atento, agitado, guinando avante com uma sensação de domínio e de poder em conflito.

Na estrada, as casas começavam a se aproximar, ele estava entrando na solitária, informe e desolada vila de mineração, que conhecia de antigamente. À esquerda havia um pequeno recuo na estrada, e as luzes aconchegantes de uma estalagem. Lá estava. Ele observou a tabuleta: "Repouso dos Mineiros"; mas não conseguiu avistar o nome do proprietário. Escutava. Havia conversas e risadas festivas, uma voz de mulher rindo, estridente, em meio às dos homens.

Abaixando-se um pouco, entrou no bar caloroso e animado. A lâmpada ardia; uma viçosa mulher levantou-se da mesa de carteado de tampo branco – onde as cartas pretas e brancas e vermelhas estavam espalhadas – e vários homens, mineiros, ergueram seus olhares do jogo.

O forasteiro se dirigiu ao balcão, desviando o rosto. Seu boné estava enterrado na cabeça.

– Boa noite! – disse a estalajadeira, com sua voz um tanto gentil.

– Boa noite. Um caneco de cerveja.

– Um caneco de cerveja – repetiu a estalajadeira, simpática. – Noite fria, mas clara.

– Sim – o homem assentiu, lacônico. Então acrescentou, quando ninguém mais esperava que ele voltasse a falar: – Tempo oportuno.

– Bastante, bastante oportuno – disse a estalajadeira. – Obrigada.

O homem levou o caneco direto aos lábios e o esvaziou. Pousou-o de novo no balcão de zinco com um estalido.

– Vamos tomar outra – disse.

A mulher trouxe a cerveja, e o homem foi com o caneco até a segunda mesa, perto do fogo. A mulher, depois de hesitar um momento, tomou seu lugar de novo na mesa com os jogadores. Havia reparado no homem: um sujeito grande e vistoso, bem-vestido, um forasteiro.

Mas falava com aquele sotaque córnico e ianque, que ela reconhecia como a entonação nasal típica dos mineiros.

O forasteiro pôs seu pé no guarda-fogo e olhou para as chamas. Era bonito, de boa tez, com as sobrancelhas delineadas, os olhos escuros brilhantes, indiferentes, típicos da Cornualha. Parecia absorto em pensamentos. Então observou o grupo de carteado.

A mulher era viçosa e saudável, com cabelos escuros e olhos castanhos pequenos e vívidos. Transbordava ânimo e vigor, a energia que lançava no jogo de cartas excitava todos os homens; eles gritavam, e riam, e a mulher segurava o peito, dando gargalhadas estridentes.

– Ah, minha nossa, ainda morro disso – arfou ela. – Ora, vamos, sr. Trevorrow, jogue limpo. Jogue limpo, estou dizendo, ou vou entregar os pontos.

– Jogue limpo! Ora, quem jogou sujo? – lançou o sr. Trevorrow. – Está insinuando que não joguei limpo, sra. Nankervis?

– Estou. Estou dizendo, e falo sério. Você não está com a dama de espadas? Ora, vamos, nada de artimanhas para cima de mim. *Eu* sei que você está com essa dama, tanto como sei que meu nome é Alice.

– Bem, se seu nome é Alice, você vai ter de tomá-la...

– Ora, não disse? Já viram um homem assim? Palavra, sua mulher deve ser fácil de enganar, a julgar pelas aparências.

E explodiu às gargalhadas. Foi interrompida pela chegada de quatro homens de cáqui, um sargento de meia-idade baixo, atarracado, um jovem cabo, e dois jovens soldados rasos. A mulher recostou-se na cadeira.

– Ai, minha nossa! – gritou. – Se não são os rapazes de volta: parecem mortos, acho que...

– Mortos, senhora! – protestou o sargento. – Ainda não.

– Quase lá – disse um jovem soldado raso, com modos rudes.

A mulher se levantou.

– Tenho certeza que sim, meus caros. Vocês vão querer a ceia, sem dúvida.

– Bem que gostaríamos.

– Vamos molhar a goela primeiro – disse o sargento.

A mulher apressou-se a pegar as bebidas. Os soldados foram para o fogo, estendendo as mãos.

– Vão comer a ceia aqui ou na cozinha? – perguntou ela.

– Vamos comer aqui – disse o sargento. – É mais aconchegante, se não for incômodo.

– Vocês comam onde quiserem, rapazes, onde quiserem.

Ela se retirou. Em seguida, uma menina de cerca de dezesseis anos entrou. Era alta e viçosa, de olhos escuros, jovens e inexpressivos, de sobrancelhas delineadas, com a suavidade imatura e despreocupada da sensual raça celta.

"Olá, Maryann! Boa noite, Maryann! Como vai a Maryann hoje?", foi a múltipla saudação.

Ela respondeu a todos com uma voz suave, uma estranha, suave altivez que era muito atraente. E andava por ali com movimentos um tanto mecânicos, atraentes, como se seus pensamentos estivessem longe. Mas guardava sempre essa sombria distância em seu porte – uma espécie de modéstia. O forasteiro ao pé do fogo a observava, curioso. Havia uma curiosidade alerta, inquisitiva, descuidada no seu rosto de boa tez.

– Vou comer um pouco da ceia com vocês, se me permitem – disse.

Ela fitou-o com seus olhos brilhantes, irracionais, exatamente como os olhos de uma criatura não-humana.

– Vou perguntar à minha mãe – disse. Sua voz era suave e sussurrante, graciosamente melodiosa.

Quando ela entrou de novo:

– Sim – disse, quase murmurando. – O que vai comer?

– O que vocês têm? – perguntou ele, procurando examinar-lhe o rosto.

– Temos frios...

– Para mim está bom.

O forasteiro sentou-se à cabeceira da mesa, e comeu com os soldados cansados, quietos. Agora a estalajadeira estava interessada nele. Sua testa estava franzida, um tanto tensa; havia uma expressão de pânico em seu rosto largo, vigoroso, mas seus pequenos olhos castanhos estavam fixos da maneira mais perigosa. Era uma mulher grande, mas seus olhos eram pequenos e tensos. Aproximou-se do forasteiro. Vestia uma blusa de flanela com estampas um tanto espalhafatosas e uma saia escura.

– O que vai beber com a ceia? – perguntou, e havia um tom novo, ameaçador, em sua voz.

Ele mexeu-se, inquieto.

– Ah, vou continuar com a cerveja.

Ela trouxe outro caneco. Sentou-se no banco da mesa, com ele e os soldados, e encarou-o com atenção.

– Você vem de St. Just, não vem? – disse ela.

Ele olhou-a com aqueles olhos brilhantes, escuros e inescrutáveis da Cornualha, e por fim respondeu:

– Não, de Penzance.

– Penzance! Mas não está pensando em voltar para lá hoje à noite, não é?

– Não, não.

Ainda a olhava com aqueles olhos arregalados, luminosos, que pareciam ágatas muito brilhantes. A raiva dela começou a aumentar. Era visível em sua testa. Contudo, sua voz ainda era simpática e modesta.

– *Imaginei* que não, mas você não mora por estes lados, mora?

– Não, não, não moro aqui. – Respondia sempre com lentidão, como se algo se interpusesse entre ele e qualquer pergunta que lhe fizessem.

– Ah, entendo – ela disse. – Tem parentes por aqui.

De novo ele olhou-a direto nos olhos, como a examiná-la em silêncio.

– Sim – afirmou.

Ele não falou mais. Ela levantou-se de modo brusco. A raiva estampada no rosto. Não houve mais risadas ou jogos de cartas naquela noite; apesar de ela manter seu jeito maternal, simpático e bem-humorado com os homens. Mas eles a conheciam, todos temiam sua reação.

A ceia terminou, a mesa foi tirada, o forasteiro não foi embora. Dois dos jovens soldados retiraram-se para a cama, com seus cumprimentos: "Boa noite, mamãe. Boa noite, Maryann".

O forasteiro conversou um pouco com o sargento sobre a guerra, que estava no seu primeiro ano, sobre o novo exército, uma parte do qual estava alojada ali no distrito, sobre a América.

A estalajadeira dardejava olhares sobre ele, pouco a

pouco a tempestade se armava em seu peito, visto que ele ainda não se fora. Ela tremia de paixão e cólera contida, violenta, algo apavorante e anormal. Não conseguia ficar sentada por um momento quieta. Sua figura pesada parecia chispar com movimentos súbitos, involuntários, conforme os minutos se passavam; e ele ainda estava sentado lá, e a tensão aumentou de forma intolerável em seu coração. Observava os ponteiros do relógio adiantarem-se. Três dos soldados haviam ido para a cama, apenas o velho sargento de cabeça tosada como um cão terrier permanecera.

A estalajadeira estava sentada atrás do bar, folheando o jornal com movimentos convulsivos. Olhou de novo para o relógio. Enfim, eram cinco para as dez.

– Cavalheiros, o inimigo! – disse com sua voz diminuta, furiosa. – Está na hora, por favor. Está na hora, meus caros. E boa noite para todos!

Os homens começaram a se retirar, com um breve boa-noite. Faltava um minuto para as dez. A estalajadeira se levantou.

– Andem – ordenou. – Vou fechar a porta.

O último dos mineiros saiu. Ela ficou de pé, destemida e ameaçadora, segurando a porta. O forasteiro ainda estava sentado ao fogo, o sobretudo preto aberto, fumando.

– Estamos fechando agora, senhor – chegou-lhe a voz intimidadora, tensa, da estalajadeira.

O sargentinho cabeça-dura, cara-de-cão, tocou o braço do forasteiro.

– Hora de fechar – anunciou.

O forasteiro remexeu-se no banco, e seus cristalinos olhos escuros, ligeiros, foram do sargento até a estalajadeira.

– Vou me hospedar aqui hoje à noite – declarou, no seu lacônico sotaque córnico e ianque.

A estalajadeira pareceu avultar-se. Seus olhos levantaram-se misteriosos, assustadores.

– Ah, é mesmo! – exclamou. – Ah, é mesmo! E por ordem de quem, se me permite perguntar?

Ele encarou-a de novo.

– Ordens minhas – disse.

Ela fechou a porta sem refletir, e avançou como uma grande ave perigosa. Sua voz aumentou de volume, havia um toque de rouquidão nela.

– E que ordens poderiam ser essas, com sua licença? – ralhou. – Quem você pensa que é, para dar ordens nesta casa?

Ele ficou imóvel, a observá-la.

– Você sabe quem eu sou – disse ele. – Pelo menos, eu sei quem *você* é.

– Ah, sabe? Ah, sabe? E quem *eu* sou então, se tem a bondade de me dizer?

Ele encarou-a com seus olhos brilhantes, escuros.

– Você é minha mulher, é isso – respondeu. – E você sabe tão bem quanto eu.

Ela sobressaltou-se, como se algo houvesse explodido dentro dela.

Seus olhos levantaram-se e fulguraram fora de controle.

– Eu sei, realmente?! – bradou. – Não sei nada disso!

Não sei nada disso! Você acha que um homem vai entrar neste bar, e dizer sem mais nem menos que sou sua mulher, e eu vou acreditar nele? Eu lhe digo, quem quer que você seja, está enganado. Até onde eu sei, não sou sua esposa, e lhe agradeço se sair desta casa, neste minuto, antes que eu arranje quem o ponha para fora.

O homem pôs-se de pé, virando a cabeça na direção dela. Era um homem da Cornualha de bela constituição, na flor da idade.

– O que está dizendo, hein? Que não me conhece? – disse com sua voz cantada, sem emoção, mas algo abafada e insistente: lembrava a da menina. – Eu a reconheceria em qualquer lugar, viu? Reconheceria sim! Não teria de olhar duas vezes para reconhecer, viu? Você viu agora, não viu?

A mulher estava perplexa.

– Se você diz, então... – respondeu, em *staccato*. – Se você diz... É muito fácil. Meu nome é conhecido, e respeitado pela maioria das pessoas num raio de quinze quilômetros. Mas não conheço *você*.

Sua voz chegou ao sarcasmo.

– Eu não posso dizer que conheça *você*. Você é um perfeito estranho para mim, e não creio que já tenha posto os olhos em você antes dessa noite.

Sua voz era muito articulada e sarcástica.

– Pôs sim – respondeu o homem, de maneira razoável. – Pôs sim. Seu nome é o meu nome, e aquela menina, Maryann, é minha menina; é minha filha. Você é minha mulher com toda certeza. Tão certo como sou Willie Nankervis.

Falava como se fosse fato consumado. Seu rosto era belo, aparentando um estranho estado de alerta e uma obstinação irredutível que a enlouquecia.

– Seu canalha! – gritou ela. – Seu canalha, você vem para essa casa e ousa falar comigo. Canalha, malandro de uma figa!

Ele fitou-a.

– Sim – disse, impassível. – Tudo isso. – Estava inquieto perante ela. Só que não a temia. Havia algo impenetrável nele, como seus olhos, que eram brilhantes como ágatas.

Ela se empertigou e aproximou-se dele de modo ameaçador.

– Você vai sair desta casa, não vai? – Bateu o pé em uma loucura repentina. – *Agora mesmo!*

Ele a observava. Sabia que ela queria bater nele.

– Não – respondeu, com ênfase contida. – Eu lhe disse, vou ficar por aqui.

Temia sua personalidade, mas isso não o alterava. Ela hesitou. Seus pequenos olhos castanhos convergiam num ponto de fúria vívida, cega, como de um tigre. O homem retraía-se, mas não cedia terreno. Ela então se resolveu. Concentraria suas forças.

– Vamos ver se você vai ficar aqui – disse ela. E voltou-se, com um estranho, assustador levantar de olhos, e precipitou-se para fora do salão.

O homem ouviu-a subir as escadas, bater à porta de um quarto e dizer: "Importam-se de descer um minuto, rapazes? Preciso de vocês. Estou com problemas".

No bar, o homem tirou o boné e o sobretudo preto,

e jogou-os na cadeira ao seu lado. Seus cabelos negros eram curtos e tinham um toque cinza nas têmporas. Usava um terno cinza-escuro bem-talhado, bem-ajustado, estilo americano, e colarinho dobrado para baixo. Parecia abastado, a fina, sólida figura de um homem. A aparência algo rígida dos ombros vinha de ele ter a clavícula quebrada duas vezes nas minas.

O sargento, que mais parecia um cãozinho terrier, de cáqui sujo, olhava-o furtivamente.

– Ela é sua esposa? – perguntou, girando o pescoço na direção da mulher que saíra.

– É, sim – bradou o homem. – Com toda certeza.

– Não a vê faz muito tempo, não é?

– Faz dezesseis anos no mês de março.

– Humm!

E o sargento, lacônico, continuou a fumar.

A estalajadeira voltou, seguida dos três soldados, que entraram um tanto acanhados, de calças e camisas e meias. A mulher, afetada, ficou de pé, no fundo do bar, e exclamou:

– Aquele homem se recusa a sair desta casa, pretende ficar esta noite aqui. Vocês sabem muito bem que não tenho nenhuma cama, não sabem? E essa casa não acomoda viajantes. Ainda assim ele quer ficar, apesar de tudo! Mas não enquanto eu tiver uma gota de sangue no corpo, o que atesto com meu último suspiro; e não se vocês, homens, forem dignos de serem chamados de homens, e socorrerem uma mulher que não tem ninguém para socorrê-la.

Seus olhos faiscavam, seu rosto enrubesceu. Ela avançava como uma amazona.

Os jovens soldados não sabiam o que fazer. Olharam para o homem, olharam para o sargento, um deles olhou para baixo e prendeu os suspensórios no botão.

– O que diz, sargento? – perguntou um, cujo rosto estava radiante por uma pequena diabrura.

– O homem diz que é marido da sra. Nankervis – respondeu o sargento.

– Não é meu marido coisa nenhuma. Estou dizendo que nunca pus os olhos nele antes dessa noite. É uma farsa de mau gosto, nada mais, uma farsa de mau gosto.

– Ora, você é uma mentirosa! Dizer que nunca pôs os olhos em mim antes – bradou o homem perto da lareira. – Você é casada comigo, e aquela menina, Maryann, você a teve comigo, você sabe disso muito bem.

O jovem soldado assistia deleitado, o sargento fumava imperturbável.

– Sim – entoou a estalajadeira, balançando a cabeça devagar, com extremo sarcasmo –, soa muito bonito, não é? Mas veja você, não acreditamos em nenhuma palavra disso tudo, e como você vai provar? – sorriu, de maneira obscena.

O homem esperou em silêncio por um momento, e então disse:

– Não é preciso provar.

– Ah, sim, precisa! Precisa, sim, senhor, precisa de muita prova! – entoou sarcasticamente a mulher. – Não somos tão bobos assim para engolir suas palavras, pura e simplesmente.

Mas ele permanecia impassível, perto do fogo. Ela estava de pé, com uma mão pousada sobre o tampo de zinco do balcão; o sargento estava sentado de pernas cruzadas, fumando, na cadeira, a meia distância entre eles; os três jovens soldados de camisa e suspensórios permaneciam hesitantes no escuro, atrás do bar. Fez-se um silêncio.

– Sabe alguma coisa do paradeiro do seu marido, sra. Nankervis? Ele ainda está vivo? – perguntou o sargento, de forma judiciosa.

De repente, a estalajadeira começou a chorar lágrimas copiosas, escaldantes, que deixaram os jovens pasmados.

– Não sei nada dele – soluçava, procurando o lenço no bolso. – Ele me abandonou quando Maryann era bebê, foi explorar minas na América, e depois de uns seis meses nunca mais escreveu uma linha ou me mandou um tostão furado. Não sei dizer se está vivo ou morto, o canalha. Tudo que ouvi falar dele era ruim, e já não tenho ouvido mais nada por anos a fio. – Soluçava de forma conturbada.

O belo homem de pele dourada, perto do fogo, a observava chorar. Estava assustado, estava transtornado, desnorteado, mas no fundo nenhuma de suas emoções o alterava.

Não havia ruído algum no salão senão o violento soluçar da estalajadeira. Os homens, todos eles, estavam vencidos.

– Não acha que seria melhor ir embora, por esta noite? – disse o sargento ao homem, com amável sensatez. – Seria melhor deixar disso um momentinho, e fazer um acordo entre vocês. Não pode exigir tanto de uma mulher, na minha opinião, se é como ela diz. E você aparece assim, de repente, para ela.

A estalajadeira soluçava, de coração partido. O homem observava seus grandes seios agitados. Pareciam lançar-lhe um feitiço na mente.

– Como a tratei não tem importância – respondeu. – Eu voltei, e vou ficar na minha casa por um tempo, pelo menos. E é isso.

– Coisa feia de se fazer – disse o sargento, o rosto afogueado, sombrio. – Que coisa feia chegar assim após abandonar uma mulher por tantos anos, e querer impor-se a ela! Coisa feia de se fazer, que não é permitida por lei.

A estalajadeira esfregou os olhos.

– Não se importe com a lei nem com nada – gritou o homem, com uma voz alterada, forte. – Não vou sair desta estalagem hoje à noite.

A mulher voltou-se para os soldados atrás dela, e disse num tom persuasivo, sarcástico:

– Vamos aturar isso, rapazes? Vamos acabar assim, sargento Thomas, por conta de um salafrário valentão que levou uma vida inconfessável naquelas minas americanas, e então resolve voltar e fazer miséria da vida e das economias de uma pobre mulher, depois de deixá-la com um bebê nos braços para lutar como podia? Seria uma vergonha gritante se ninguém me defendesse, uma vergonha gritante...!

Os soldados e o sargentinho estavam eriçados. A mulher abaixou-se, remexendo à procura de algo sob o balcão por um momento. Então, sem ser vista pelo homem que estava afastado, perto do fogo, jogou uma corda de cânhamo trançado, como a usada para atar fardos, que acabou pousando perto dos jovens soldados, na escuridão dos fundos do bar.

Então ergueu-se e enfrentou a situação.

– Agora vamos – disse ao homem, com um tom razoável, frio e convincente –, vista seu casaco e deixe-nos em paz. Seja um homem, não seja pior que um bruto alemão. Pode conseguir uma cama muito fácil em St. Just, e se não tiver como pagar por ela, o sargento lhe empresta alguns xelins, tenho certeza que empresta.

Todos os olhares estavam fixos no homem. Ele olhava para a mulher com desprezo, como uma criatura enfeitiçada ou possessa pela determinação de um demônio.

– Tenho meu próprio dinheiro – respondeu. – Não tema por seu dinheiro, eu tenho bastante, por enquanto.

– Bem, então – tentando persuadi-lo, em um tom apaziguador, frio, quase escarnecedor –, vista seu casaco e vá aonde você seja bem-vindo, seja um *homem*, não um bruto de um alemão.

Ela havia se aproximado bastante dele, com seu propósito desafiador, persuasivo. Ele a fitava com desprezo, com o semblante enfeitiçado.

– Não, não irei – respondeu. – Não farei nada disso. *Você vai* me alojar hoje à noite.

– Vou? – ela gritou. E subitamente lançou os braços em volta dele, agarrou-se a ele com todo o seu peso poderoso, chamando os soldados: – Peguem a corda, rapazes, e prendam-no. Alfred, John, depressa!

O homem levantou-se, olhou à volta com um olhar enlouquecido, e ergueu o corpo poderoso. Mas a mulher também era forte, e muito pesada, e se agarrava a ele com uma determinação férrea. O olhar exultante em seu rosto, vingativo ao extremo, voltava-se para ele, percorrendo-o do peito até os olhos. Ele arremessava a cabeça para trás frenético, para escapar daquele olhar. Enquanto isso, os jovens soldados, após terem observado esse medonho Laocoonte oscilar por um momento, animaram-se, e o soldado travesso lançou-se rápido com a corda. Ela estava um pouco emaranhada.

– Dê-me aqui a ponta – ordenou o sargento.

Entrementes, o grande homem arquejava e lutava, empurrou a mulher de encontro ao banco e à mesa, em seu esforço convulsivo para se libertar. Mas ela imobilizou seus braços como um polvo que o cingia de modo vigoroso. Ele ofegava e vacilava, e eles se debateram pelo salão, os soldados a pular, colidindo com a mobília.

O jovem soldado conseguiu enlaçar a corda uma vez, o ágil sargento ajudou-o. A mulher investiu com mais força, e eles conseguiram enlaçar a corda várias vezes. Na luta, a vítima desabou na mesa. Os laços apertavam-no a ponto de cortarem seus braços. A mulher agarrou-se aos seus joelhos. Um outro soldado, num lampejo de gênio, correu e prendeu os pés do forasteiro com um suspensório. Os assentos haviam se despedaçado, a mesa foi jogada contra a parede, mas o homem estava preso, os braços imobilizados nos flancos, os pés atados. Ele jazia curvado, caído contra a mesa, quieto por um momento.

A mulher levantou-se e caiu desmaiada na cadeira. O peito arquejava, não conseguia falar, achava que ia morrer. O homem preso encostou-se à mesa derrubada, seu terno estava todo amarrotado e esticado acima das cordas, deixando as partes pudendas expostas. Os soldados ficaram em volta, um pouco confusos, mas excitados com o tumulto.

O homem começou a lutar de novo, arquejando de forma instintiva contra as cordas, respirando fundo. Seu rosto, de pele dourada, enrubescia, sombrio e inchado. Arquejava novamente. As grandes veias em seu pescoço estavam protuberantes. Mas não adiantou nada, e ele acabou relaxando. Então novamente, de súbito, contorceu os pés.

– Outro suspensório, William – ordenou o soldado endiabrado. Abraçou-se nas pernas do homem atado e conseguiu prender os joelhos. Então tudo se acalmou de novo. Podiam ouvir o relógio tiquetaquear.

A mulher olhou para a figura prostrada, os membros fortes, volumosos, o forte dorso atado, submisso; o rosto de olhos arregalados a lembrava o de um bezerro amarrado dentro de um saco numa carroça, somente com a cabeça caída para trás, em silêncio. E ela triunfara.

O corpo atado começou a lutar de novo. Ela observava, fascinada, os músculos em ação, os ombros, os quadris, as coxas robustas, uniformes. Talvez agora ele partisse as cordas. Ela estava com medo. Mas o jovem soldado endiabrado sentou-se nos ombros do homem preso, e após alguns momentos de perigo, tudo se acalmou novamente.

– Agora – disse o sargento judicioso ao homem atado –, se o desamarrarmos, promete sair e não causar mais problemas?

– Vocês não vão desamarrá-lo aqui dentro – bradou a mulher. – Não confiarei nele até que eu possa botá-lo para fora.

Fez-se um silêncio.

– Podemos carregá-lo para fora, e então desatá-lo – disse o soldado. – Chamamos um policial, se causar mais algum aborrecimento.

– Sim – concordou o sargento. – Podemos fazer isso. – Então mais uma vez, num tom alterado, quase severo, disse ao prisioneiro: – Se o desatarmos lá fora, pegará seu casaco e irá embora sem criar mais problemas?

Mas o prisioneiro não respondia, apenas jazia com os olhos esbugalhados, escuros e brilhantes, como um animal enjaulado. Houve um intervalo de perplexo silêncio.

– Pois bem, façam o que estão dizendo – disse a mulher com impaciência. – Carreguem-no para fora, e vamos fechar bem a casa.

Fizeram isso. Ao levantarem o homem atado, os quatro soldados cambalearam, desajeitados, até o largo silencioso na frente da estalagem; a mulher os seguiu com o boné e o sobretudo. Os jovens soldados soltaram rápido os suspensórios das pernas do prisioneiro, e voaram para dentro da casa. Estavam só de meias, e ali fora as estrelas cintilavam, frias. Ficaram observando à entrada da porta. O homem jazia imóvel no chão frio.

– Agora – disse o sargento, com voz moderada –, vou

afrouxar o nó, e ele que se vire para se soltar; assim que você entrar, senhora.

Ela lançou um último olhar ao homem desgrenhado, preso, enquanto ele se sentava no chão. Então entrou na casa, seguida de imediato pelo sargento. E ouviu-se a porta sendo trancada e bloqueada por dentro.

O homem sentado no chão do lado de fora se empenhou para forçar a corda. Ainda assim não era tão fácil desatar-se. De tal modo que, com as mãos amarradas, fazendo esforço, pôs-se de pé e foi até a beirada áspera de um velho muro, contra a qual roçou o cordão. A corda, que era de uma espécie de cânhamo entrelaçado, logo se desgastou e rompeu, e ele libertou-se. Tinha várias contusões. Seus braços estavam machucados, feridos pelos laços. Esfregou-os devagar. Então endireitou as roupas, abaixou-se, pôs o boné, esforçou-se para vestir o sobretudo, e saiu andando.

As estrelas estavam muito brilhantes. Claro como cristal, o feixe do farol sob os penhascos iluminava a noite, intermitente. Aturdido, o homem andou ao longo da estrada, passando a igreja. Então ficou apoiado em um muro, por um longo tempo.

Foi despertado pela sensação de frio nos pés. Então se recompôs, e seguiu de novo na noite silenciosa, voltando para a estalagem.

O bar estava escuro. Mas havia uma luz na cozinha. Ele hesitava. Então, muito calmo, tentou a porta.

Ficou surpreso por encontrá-la aberta. Entrou, e em silêncio fechou-a atrás de si. Foi até o degrau no balcão do bar, e atravessou a entrada iluminada na porta da cozinha. Lá estava sentada sua esposa, plantada em frente ao fogão, onde ardia uma acha de lenha. Estava sentada numa cadeira bem em frente ao fogão, os joelhos afastados sobre o guarda-fogo. Fitou-o por cima do ombro ao entrar, mas não falou. Então fixou-se no fogo de novo.

Era uma cozinha pequena, estreita. Ele largou seu boné sobre a mesa que estava coberta por uma toalha de linóleo amarelada, e tomou uma cadeira com as costas para a parede, perto do forno. Sua esposa ainda estava sentada com os joelhos afastados, seus pés sobre o guarda-fogo de aço, e fitava dentro do lume, imóvel. Sua pele era lisa e rosada sob a luz do fogo. Tudo na casa era muito limpo e brilhante. O homem ficou sentado também em silêncio, a cabeça baixa. E assim permaneceram.

A questão era quem falaria primeiro. A mulher inclinou-se para frente e cutucou as extremidades dos gravetos por entre as grades do guarda-fogo. Ele levantou a cabeça e encarou-a.

– Os outros foram para a cama, não foram? – perguntou.

Mas ela permanecia fechada em silêncio.

– Tá uma noite fria, lá fora – ele disse, como que para si mesmo.

E pousou a larga, porém bem talhada mão de trabalhador no tampo do fogão, que era polido, negro e liso como veludo. Ela não olhava para ele, porém o espiava de soslaio, com o canto dos olhos.

Os olhos dele, brilhantes, estavam fixos nela, as pupilas grandes e elétricas como as de um gato.

– Eu a reconheceria entre milhares – continuou. – Apesar de estar maior do que eu achava. Belas carnes as que você ganhou.

Ela ficou em silêncio por um tempo. Então virou sua cadeira para ele.

– Que opinião você tem de si mesmo – perguntou –, para voltar para mim assim, depois de mais de quinze anos? Acha que não ouvi falar de você, seja em Butte City ou em outro lugar qualquer?

Ele a observava com seus olhos límpidos, translúcidos, incontestáveis.

– Sim – respondeu. – Companheiros vêm e vão, ouvi falar de você algumas vezes.

Ela se empertigou.

– E que mentiras ouviu falar a *meu* respeito? – perguntou com soberba.

– Sei lá se ouvi alguma mentira, de jeito nenhum, exceto que estava indo muito bem, algo assim.

Sua voz fluía cautelosa e distante. A raiva foi atiçada de novo nela, com violência. Mas ela dominou-a, por causa da ameaça que havia nele, e mais, talvez, por causa da beleza de seu rosto e de suas sobrancelhas bem delineadas, das quais ela não conseguia tolerar a privação.

– Isso é mais do que posso dizer de *você* – afirmou. – Ouvi falar mais mal que bem de *você*.

– É, eu diria que sim – ele respondeu, olhando para o fogo. Havia um longo tempo desde que tinha visto as achas de lenha arder, disse a si mesmo.

Sobreveio um silêncio, durante o qual ela observou o rosto dele.

– Você se considera um *homem*? – perguntou, mais com reprovação desdenhosa do que com raiva. – Deixar uma mulher como você me deixou, não importa para quê! E então aparecer *dessa* maneira, sem uma palavra para dizer em seu favor.

Ele agitou-se na cadeira, fincou os pés afastados, e, apoiando os braços nos joelhos, olhou fixamente para o fogo, sem responder. Tão perto dela estava sua cabeça, e os curtos cabelos negros, que ela mal pôde evitar mover-se de súbito para trás, como se ele fosse mordê-la.

– Você considera isso o comportamento de um *homem*? – repetiu.

– Não – ele respondeu, tocando as achas de lenha e empurrando-as para o fogo com os dedos. – Não considero coisa alguma, que eu saiba. Não é bom considerar as coisas por nomes, quaisquer que sejam, que eu saiba.

Ela observava-o em seus gestos. Havia uma pausa cada vez mais longa entre a fala de cada um, apesar de nenhum deles percebê-lo.

– Eu me pergunto que opinião tem de si mesmo! – ela exclamou, com uma afetação sofrida. – Eu me pergunto que espécie de sujeito você pensa que é! – Estava bastante perplexa, bem como enraivecida.

– Bem – disse ele, levantando a cabeça para olhá-la –, acho que posso responder pelos meus próprios erros, se todos os outros responderem pelos seus.

O coração dela batia ardente, furioso, quando ele levantou o olhar para ela. Ela respirava oprimida, desviando seu rosto, quase perdendo o autocontrole.

– E o que você acha que *eu* sou? – bramiu ela, impotente.

O rosto dele estava erguido, observando suas faces macias, esquivas; e o volume dos seus seios, que arfavam de modo suave.

– Eu acho que você – disse ele, com a honestidade lacônica que exercia tanto poder sobre ela – é o diacho de uma bela mulher. Maldito seja, se não é o mais belo talhe de mulher que já vi, e elegante também. Não esperava que ganhasse essa carne bonita, verdade que não esperava.

O coração dela batia ardente, furioso, enquanto ele a observava com aqueles olhos de ágata brilhantes, fixos.

– Fiquei muito bonita para você, por quinze anos, minha nossa! – ela respondeu.

Ele não deu resposta a isso, mas ficou sentado com aqueles olhos brilhantes, vivos, em cima dela.

Então se levantou. Ela sobressaltou-se por instinto. Mas ele disse apenas, da sua maneira lacônica, comedida:

– Está quente aqui, agora.

E tirou o sobretudo, jogando-o sobre a mesa. Enquanto ele fazia isso, ela sentou-se um pouco intimidada.

– Aquelas cordas acabaram com meus braços, por Deus – falou arrastado, apalpando os braços.

Ela ainda estava sentada diante dele, um pouco intimidada.

– Você foi esperta, não foi, para me pegar daquele jeito, hein? – sorriu devagar. – Por Deus, você me prendeu bem, bem mesmo. Maldição, você me prendeu de jeito, prendeu mesmo.

Inclinou-se para frente em sua cadeira, na direção dela.

– Não penso nada pior de você por isso, não, maldito seja se pensar. Atrevimento é o que admiro em uma mulher. Isso eu admiro, de fato. – Ela apenas fitava o fogo.

– Brigamos desde o início, brigamos mesmo. E, palavra, você começou de novo, logo no minuto em que me viu. Que diabos, você foi muito esperta para mim. O diacho duma bela mulher instiga o diacho duma boa briga. Maldito seja se eu achar uma mulher em toda a porcaria dos Estados Unidos que pudesse me derrubar assim. Mulher bela, maravilhosa que você é, verdade seja dita, neste exato minuto.

Ela estava sentada apenas, fazendo cara feia diante do fogo.

– Um atrevimento tão grande quanto um homem desejaria encontrar em uma mulher, verdadeiro como o fato de eu estar aqui – ele disse, estendendo a mão e tocando-a hesitante entre os seios fartos, quentes, com calma.

Ela sobressaltou-se, e pareceu estremecer. Mas a mão dele insinuava-se entre seus seios, enquanto ela continuava a fitar o fogo.

– E não pense que voltei para cá mendigando – declarou. – Tenho mais de *mil* libras em meu nome, tenho mesmo. E um pouco de briga por causa de um deus-nos-acuda me agrada, me agrada mesmo. Mas isso não quer dizer que você vai negar que seja minha mulher...

# O OFICIAL PRUSSIANO



## I

Haviam marchado mais de trinta quilômetros desde que o dia raiara pela estrada esbatida e ardente, onde arvoredos esparsos por um momento lançavam sombras e logo tornavam ao clarão. De ambos os lados, o vale, amplo e pouco profundo, rutilava de calor; leiras verde-escuras de centeio, brotos amarelados de trigo, terras lavradas, prados e negros bosques de pinheiros espalhavam-se num diagrama tedioso e ardente sob um céu cintilante. Mas logo em frente as montanhas estendiam-se de um lado ao outro do horizonte, azul-pálidas, serenas, com a neve a fulgurar, suave, na atmosfera saturada. E em direção às montanhas, sempre em frente, o regimento marchava, entre os campos de centeio e os prados, entre as rugosas árvores frutíferas que se viam a intervalos regulares de ambos os lados da estrada principal. O lustroso centeio verde-escuro emanava um calor sufocante; as montanhas aos poucos se acercavam, mais distintas. Enquanto os pés dos soldados se aqueciam, o suor sob o capacete escorria-lhes pelos cabelos, e as mochilas não já não lhes assavam os ombros, mas pareciam, em vez disso, dar uma sensação de frio, de formigamento.

Ele andava sem cessar em silêncio, fitando as montanhas à frente – que se erguiam, escarpadas, da terra, e se elevavam, dobra após dobra, metade terra, metade céu –, o céu, a barreira com gretas de neve fofa, nos picos pálidos, azulados.

Já conseguia andar quase sem dor. No início, havia decidido não mancar. Dar os primeiros passos tinha-lhe feito mal, e durante a primeira milha, mais ou menos, conteve a respiração, e as gotas frias de suor pendiam-lhe da fronte. Mas ele andara até o fim. O que eram, afinal, senão contusões! Tinha-as olhado ao se levantar: equimoses profundas na parte posterior das coxas. Ao dar o primeiro passo pela manhã, estivera consciente delas, e agora sentia no peito como que um nó quente, por ter suportado a dor, por ter se contido. Parecia não haver ar algum quando respirava. Mas ele andava com certa leveza.

A mão do capitão tremera ao segurar a xícara, de madrugada: o ordenança notara mais uma vez. E viu a figura altiva do capitão girando a cavalo na casa-grande em frente, uma elegante figura de uniforme azul-claro com debruns escarlates, com adornos de metal a cintilar no capacete negro e na bainha da espada e riscas escuras de suor descendo o pêlo sedoso do cavalo baio. O ordenança sentia que algum laço o unia àquela figura de movimentos imprevistos, a cavalo: seguia-a como uma sombra, muda e inevitável e amaldiçoada. E o oficial estava sempre atento à marcha forçada da companhia em seu encalço, à marcha do ordenança entre os outros homens.

O capitão era um homem alto de cerca de quarenta anos, grisalho nas têmporas. Tinha uma figura elegante, aprumada, e era um dos melhores cavaleiros no oeste. Seu ordenança, tendo de massageá-lo, admirava os impressionantes músculos em seu dorso, resultado da montaria.

Ademais, o ordenança reparava no oficial pouco mais do que reparava em si mesmo. Era raro ver o rosto de seu superior: não o olhava. O capitão tinha cabelos castanhos arruivados, duros, cortados rente ao escalpo. Seu bigode, eriçado e curto, pairava acima dos lábios carnudos, brutais. O rosto era um pouco enrugado; as bochechas, cavadas. Talvez o que o fizesse mais belo fossem os traços profundos de seu rosto, a tensão irascível na fronte, que lhe dava a aparência de um homem em luta com a vida. As sobrancelhas claras elevavam-se, espessas, acima dos olhos azul-claros que sempre chispavam com um fogo frio.

Era um aristocrata prussiano, arrogante e despótico. Mas sua mãe fora uma condessa polonesa. Com as dívidas de jogo acumuladas na juventude, havia arruinado suas perspectivas no Exército, e assim permaneceu capitão de infantaria. Nunca havia se casado: sua posição não o permitia, e mulher alguma jamais o movera a tal. Passava o tempo a cavalgar – por vezes montava um de seus próprios cavalos nas corridas – e no clube de oficiais. De vez em quando arranjava uma amante. Mas, nesses casos, retornava ao serviço com a fronte ainda mais tensa, os olhos ainda mais hostis e irascíveis. Com os homens, porém, era apenas impessoal, ainda que fosse um demônio quando irritado; de modo que em geral os homens o temiam, mas não lhe tinham grande aversão. Aceitavam-no como algo inevitável.

Com o ordenança, ele fora a princípio frio, correto e indiferente: não se alterava por ninharias. Assim, o subordinado pouco ou nada sabia a respeito do oficial, exceto pelas ordens que daria, e como esperava que fossem obedecidas. Tudo era muito simples. Mas uma mudança foi se operando gradualmente.

O ordenança era um jovem de vinte e poucos anos, estatura mediana e bem talhado. Tinha braços e pernas fortes, robustos, e era moreno, com um bigode jovial, negro e macio. Tinha um ar muito ardente, muito jovem. As sobrancelhas eram bem marcadas sobre os olhos escuros, inexpressivos, e ele parecia jamais ter pensado, apenas ter recebido a vida sem interferência alguma através dos sentidos, e agia diretamente por instinto.

Aos poucos, o oficial havia-se dado conta da presença jovem, vigorosa, inconsciente, do subordinado à sua volta. Não conseguia furtar-se a sentir a presença do jovem enquanto estava em serviço. Era como uma chama quente no corpo tenso, rígido, do mais velho, que se tornara algo quase sem vida, inerte. Havia algo tão livre e autônomo nele – e algo no movimento daquele rapaz – que o oficial não tardou a percebê-lo. E isso irritava o prussiano. Ele não desejava que um subordinado o instigasse à vida. Poderia sem dificuldade ter substituído o homem, mas não o substituiu. Agora eram raras as ocasiões em que olhava o ordenança nos olhos; costumava desviar o rosto, como que para evitá-lo. E, no entanto, enquanto o jovem soldado movia-se desatento pelos cômodos, o mais velho o observava e percebia o movimento dos jovens ombros fortes sob o tecido azul, a curva do pescoço. E isso o irritava. Ver a mão de camponês do soldado, jovem, bronzeada, bem torneada, apanhar o pão ou a garrafa de vinho injetava ódio ou raiva no sangue do mais velho. Não que o jovem fosse desajeitado: mas tinha a mesma segurança cega e instintiva ao mover-se que um jovem animal desembaraçado, o que muito irritava o oficial.

Certa vez, quando uma garrafa de vinho havia transbordado, e o líquido vermelho jorrado sobre a toalha de mesa, o oficial deu um salto, praguejando, e seus olhos, azulados como fogo, prenderam-se por um momento aos do jovem confuso. Foi um choque para o jovem soldado. Sentiu algo penetrar-lhe cada vez mais fundo a alma, algo que chegou onde jamais coisa alguma havia chegado. E ficou um tanto perplexo e abismado. Algo da sua natural plenitude desaparecera, e uma pequena inquietação tomou-lhe o lugar. A partir daquele instante um sentimento obscuro se interpusera entre os dois homens.

Dali em diante, o ordenança ficou realmente com medo de encontrar seu superior. No subconsciente, lembrava-se daqueles olhos azuis acerados e da fronte austera, e não sentia vontade alguma de encará-los outra vez. Assim, passou a olhar para além do oficial e a evitá-lo. Além disso esperava, não sem uma certa ansiedade, que os três meses que dariam fim a seu tempo de serviço passassem. Começou a sentir um constrangimento na presença do capitão, e o soldado, ainda mais que o oficial, ansiava por ficar em paz em sua neutralidade enquanto subordinado.

Servira o capitão por mais de um ano e conhecia seu dever. Desempenhava-o com desenvoltura, como se lhe fosse natural. Percebia o oficial e suas ordens como fatos da vida, tal como o sol e a chuva – e servia como era de se esperar. Não se tratava de algo pessoal.

Mas agora, se fosse forçado a interagir com o oficial, o ordenança ficaria como as criaturas selvagens em cativeiro; sentia que devia fugir.

Mas a influência do jovem soldado havia penetrado a rígida disciplina do oficial, e transtornava o homem nele. Ele, contudo, era um cavalheiro, de mãos longas, elegantes, e movimentos cultivados, e não permitiria que seu ser interior aflorasse. Era um homem de temperamento passional, que sempre se contivera. Por vezes, houvera um duelo, um acesso diante dos soldados. Ele sabia de sua propensão a explodir. Mas mantinha-se inflexível quanto à idéia do Exército. Ao passo que o jovem soldado parecia viver por completo sua natureza ardente, plena; parecia emaná-la em seus próprios movimentos, dotados de certo gozo, tal como os animais selvagens possuem quando em liberdade. E isso irritava o oficial cada vez mais.

A despeito de si, o capitão não conseguia recobrar a neutralidade de sentimento para com o ordenança. Nem conseguia deixar o homem em paz. A despeito de si, vigiava-o, dava-lhe ordens ríspidas, tentava tomar-lhe o máximo de tempo possível. Às vezes encolerizava-se com o jovem soldado e maltratava-o. Então o ordenança fechava-se, como se estivesse surdo, e esperava, com o rosto taciturno, afogueado, pelo fim da gritaria. As palavras nunca penetravam seu intelecto; a fim de se proteger, tornou-se impenetrável aos sentimentos de seu senhor.

Seu polegar esquerdo tinha uma cicatriz, uma sutura profunda que cruzava o nó do dedo. O oficial sofrera por muito tempo com isso, e queria fazer alguma coisa. Ainda assim, lá estava a cicatriz, feia e repugnante na jovem mão bronzeada. Por fim, a reserva do capitão cedeu. Um dia, enquanto o ordenança estava alisando a toalha de mesa, o oficial espetou-lhe o polegar com um lápis, perguntando:

– O que foi isso?

O jovem estremeceu e recuou em posição de sentido.

– Um machado, *Herr* Hauptmann – respondeu.

O oficial esperou por mais explicações. Não veio explicação alguma. O ordenança voltou a suas obrigações. O mais velho tomou-se de raiva e de mau humor. O subordinado evitava-o. E no dia seguinte teve de usar toda a sua força de vontade para evitar ver o polegar com a cicatriz. Queria pegá-lo e... O sangue ferveu-lhe.

Sabia que o subordinado logo seria dispensado e que estaria contente. Até então, o soldado havia se mantido a distância do mais velho. O capitão começou a ficar louco de raiva. Não conseguia sossegar quando o soldado estava fora e, quando estava presente, encarava-o com o olhar atormentado. Odiava aquelas belas sobrancelhas negras sobre os olhos escuros e vazios, enfurecia-se com o movimento livre dos membros vistosos, que nenhuma disciplina militar conseguia enrijecer. Tornou-se rude e passou a valer-se de uma implicância atroz, do desprezo e da sátira. O jovem soldado apenas ficou mais mudo e inexpressivo.

– Em que rebanho você foi criado, que não consegue me olhar nos olhos? Olhe para mim quando falo!

E o soldado voltava os olhos escuros para o rosto do outro, mas não enxergava: fitava-o com o olhar mais ligeiro possível, retendo a visão, percebendo os olhos azuis do oficial, mas sem receber seu olhar. E o velho empalidecia, e suas sobrancelhas avermelhadas crispavam-se. Dava suas ordens, com aridez.

Uma vez atirou uma pesada luva militar no rosto do jovem soldado. Teve então a satisfação de ver os olhos negros inflamarem-se na direção dos seus, como a labareda que ateia fogo à palha na fogueira. E também gargalhara, com um pequeno tremor e uma expressão zombeteira.

Mas faltavam apenas mais dois meses. O jovem, por instinto, tentava manter sua integridade: servia o oficial como se este fosse uma autoridade abstrata, não um homem. Todo o seu instinto estava em evitar o contato pessoal, o ódio consumado. Mas a despeito de si, o ódio crescia em resposta à paixão do oficial. Contudo, o ordenança relegava-o a segundo plano. Após deixar o Exército ele poderia admitir tudo. Tinha uma natureza vivaz e muitos amigos. Pensava em como eram boas-praças. Mas, sem saber, o soldado estava sozinho. A solidão intensificou-se. E ela o acompanharia por todo o serviço. Mas o oficial parecia enlouquecer de irritação, e o jovem sentia um medo profundo.

Ele tinha uma namorada, uma moça das montanhas,

independente e simples. Os dois passeavam juntos, em silêncio. O soldado saía com ela não para conversar, mas para cingi-la com o braço e pelo contato físico. Assim ele se acalmava; era-lhe mais fácil ignorar o capitão; descansava abraçado à namorada, bem apertada contra o peito. A garota o apoiava, mesmo que não articulasse uma palavra sequer. Os dois se amavam.

O capitão percebeu e ficou louco de irritação. Mantinha o soldado ocupado a noite toda e comprazia-se com o olhar sombrio que lhe toldava o rosto. Por vezes, o olhar dos dois homens se encontrava; o do jovem, taciturno e sombrio, inalterável em sua obstinação; o do velho, escarnecendo com um desprezo incansável.

O oficial tentava, com todas as forças, renegar a paixão que se apossara dele. Não reconhecia que seu sentimento pelo ordenança fosse algo mais que o de um homem exasperado com o subordinado estúpido, intratável. Então, mantendo-se inteiramente justificado e conformado na sua consciência, deixava as coisas desenrolarem-se. Seus nervos, contudo, sofriam. Um dia, bateu com a ponta de um cinto no rosto do subordinado. Quando viu o jovem recuar, com lágrimas de dor nos olhos e sangue na boca, sentiu, ao mesmo tempo, um frêmito de profundo prazer e vergonha.

Mas o oficial jamais admitia que fizera coisa semelhante. O sujeito era irritante demais. Seus nervos deviam estar em frangalhos. O oficial saiu por uns dias com uma mulher.

Foi uma paródia de prazer. Na verdade, ele não a desejava. Mas persistiu o quanto pôde. No fim, voltou num paroxismo de irritação, tormento e angústia. Cavalgou durante todo o entardecer e só apareceu na hora do jantar. O ordenança estava fora. O oficial sentou-se com suas mãos longas e elegantes pousadas sobre a mesa, perfeitamente imóvel, com o sangue parecendo corroê-lo.

Por fim, o subordinado entrou. O oficial observou a figura forte, serena e jovem, as sobrancelhas bem-desenhadas, os espessos cabelos negros. No decorrer de uma semana, o jovem havia readquirido seu antigo bem-estar. As mãos do oficial crispavam-se como se tomadas por uma chama de loucura. O jovem ficou em posição de sentido, impassível, absorto.

A refeição correu em silêncio. Mas o ordenança parecia impaciente. Fez um estardalhaço com os pratos.

– Está com pressa? – perguntou o oficial, observando o semblante absorto, ardente, do subordinado.

Este não lhe respondeu.

– Você vai me responder? – disse o capitão.

– Sim, senhor – respondeu o ordenança, de pé, com a pilha de pratos fundos nas mãos. O capitão esperou, olhou-o, e então perguntou de novo:

– Está com pressa?

– Sim, senhor – veio a resposta, que atingiu o oficial como um raio.

– E por que motivo?

– Eu estava de saída, senhor.

– Preciso de você aqui esta noite.

Houve uma hesitação momentânea. O semblante do oficial assumira uma estranha austeridade.

– Sim, senhor – respondeu o subordinado, com a voz embargada.

– Preciso de você amanhã à noite também... Aliás, pode considerar suas noites ocupadas, a não ser que eu o dispense.

A boca com o jovem bigode selou-se.

– Sim, senhor – respondeu o ordenança, soltando os lábios por um momento.

Voltou-se mais uma vez à porta.

– E por que está com um lápis atrás da orelha?

O ordenança hesitou, mas seguiu seu caminho sem responder. Colocou os pratos numa pilha, do lado de fora da porta, tirou o toco de lápis de trás da orelha e guardou-o no bolso. Estivera a copiar um poema para o cartão de aniversário da namorada. Voltou para acabar de tirar a mesa. Os olhos do oficial estavam saltitantes; em seus lábios havia um sorriso ansioso.

– Por que está com um lápis atrás da orelha? – perguntou.

O ordenança estava com as mãos cheias de pratos e panelas. O oficial estava de pé, junto à grande estufa verde, um sorrisinho no rosto, o queixo erguido. Quando o jovem soldado o avistou, seu sangue ferveu. Ele ficou cego. Em vez de responder, saiu em direção à porta, aturdido. Enquanto agachava-se para largar a louça, levou um pontapé que o atirou para frente. As panelas rolaram escada abaixo numa torrente, e o ordenança agarrou-se ao pilar do corrimão. Ao tentar erguer-se, levou pontapé atrás de pontapé, um mais forte que o outro, e assim ficou agarrado à coluna por alguns instantes, lívido. O oficial entrou no aposento às pressas e fechou a porta. No andar de baixo, a criada olhou para a escada e fez uma cara de troça ao ver o desastre com a louça.

O coração do oficial soçobrava. Serviu um copo de vinho, derramando um pouco no chão, e tragou o restante, escorado na estufa verde e fria. Ouviu o soldado recolher a louça na escada. Pálido, como que inebriado, o oficial esperava. Logo o subordinado voltou. O capitão sentiu uma pontada de prazer no coração ao ver o rapaz desnorteado e vacilante, por causa da dor.

– Schöner! – disse ele.

Um pouco mais devagar, o soldado adotou a posição de sentido.

– Sim, senhor!

O jovem estava diante dele, com o patético bigode juvenil e as belas sobrancelhas marcantes na fronte de mármore escuro.

– Fiz-lhe uma pergunta.

– Sim, senhor.

O tom do capitão era corrosivo como ácido.

– Por que estava com um lápis atrás da orelha?

Mais uma vez o sangue do subordinado ferveu, e ele não conseguia respirar. Com o olhar ensombrecido, constrangido, olhou para o oficial como que fascinado. E ficou lá plantado, resoluto, absorto. O sorriso murcho despontou no olhar do capitão, e ele ergueu o pé.

– Esqueci-me... senhor – disse com voz ofegante, os olhos escuros fixos nos olhos azuis, trêmulos, do oficial.

– Para que estava usando aquele lápis?

Observava o peito do jovem arquejar enquanto se esforçava para falar.

– Eu estava escrevendo.

– Escrevendo o quê?

Outra vez o soldado olhou-o de cima a baixo. O oficial ouvia a respiração ofegante. Um sorriso despontou em seus olhos azuis. O soldado molhou a garganta seca, mas não conseguia falar. De repente, o sorriso no rosto do oficial iluminou-se como uma chama, e ele desferiu um forte pontapé na coxa do ordenança. O jovem afastou-se de lado. Seu rosto estava inanimado, com dois olhos negros e perscrutadores.

– Então? – perguntou o oficial.

A língua do ordenança revolvia-se dentro da boca seca como se estivesse enrolada em papel pardo. Ele pigarreou. O oficial ergueu o pé. O subordinado enrijeceu o corpo.

– Um poema, senhor – veio o som entrecortado, irreconhecível da sua voz.

– Poema? Que poema? – perguntou o capitão, com um sorriso doentio.

Mais uma vez ele pigarreou. O coração do oficial sucumbira de repente, pesaroso, e ele sentia-se nauseado e farto.

– Para minha garota, senhor – foi a resposta seca, inumana.

– Ah! – disse o capitão, voltando-se. – Tire a mesa.

A garganta do soldado fez “clique!”; em seguida, mais um “clique!” e então um balbucio:

– Sim, senhor.

O jovem soldado foi-se embora como um velho, arrastando os pés.

O oficial, sozinho, continuou rígido, a fim de evitar os pensamentos. Seu instinto aconselhava-o a não pensar. Em seu íntimo, o oficial sentia a realização intensa de sua paixão ainda a lhe influenciar. Então sobreveio uma ação contrária, um horrível colapso de algo dentro de si, uma reação de agonia consumada. Ficou lá por uma hora, inerte, um caos de sensações, mas com o sentido de manter a consciência vazia, impedir a mente de compreender. E permaneceu assim até que o pior da tensão houvesse passado, quando começou a beber, beber até embriagar-se, até sucumbir ao peso do sono. Ao acordar pela manhã, estava profundamente abalado. Mas afastara toda a consciência do que havia feito. Ele havia impedido a sua mente de se ocupar disso, eliminara esse sentimento juntamente com seus instintos, de modo que sua consciência não tivesse nada a ver com o ocorrido. Sentia-se exatamente como após um acesso de embriaguez, fraco, mas o acontecido era algo difuso e irrecuperável. Da embriaguez de sua paixão lograra recusar qualquer lembrança. E quando o ordenança apareceu com o café, o oficial assumiu o mesmo ar da manhã anterior. Não admitia o acontecimento da noite passada – negava que houvesse ocorrido – e de fato logrou negá-lo. Jamais fizera uma coisa daquelas – ele, jamais. Qualquer que fosse o problema, depositava a culpa no estúpido criado insubordinado.

O ordenança perambulou a noite toda, à beira do estupor. Bebeu algumas cervejas, pois estava seco, mas não muito, porque o álcool reavivava-lhe o sentimento, o que era insuportável. Estava embotado, como se nove décimos de sua humanidade estivessem inertes. Arrastava-se pelos cantos, desfigurado. Ainda assim, quando pensava nos pontapés, ficava angustiado, e quando pensou na ameaça de mais pontapés, mais tarde no quarto, seu coração ferveu e desfaleceu, e ele palpitava, lembrando-se dos chutes que havia levado. Vira-se forçado a dizer: "Para minha garota". Estava esgotado demais, até mesmo para chorar. Sua boca pendia entreaberta, como a de um idiota. Sentia-se vazio e devastado. Assim, vagava durante o trabalho, dolorido, muito lento e desajeitado, manuseando as escovas de modo canhestro e a custo juntava as forças necessárias para voltar a mover-se depois de sentar. Seus braços, pernas e maxilares estavam moles e sem forças. Mas ele estava cansado demais. Por fim, foi deitar-se, e dormiu inerte, relaxado, num sono que era mais estupor que repouso, uma noite estéril de torpor varada por clarões de angústia.

De manhã treinariam as manobras. Mas o soldado acordou antes de soar o clarim. A dor aguda no peito, a secura da garganta, o horrível sentimento de tristeza constante fez seus olhos ficarem a um só tempo despertos e baços. Sem pensar, compreendia o acontecido. E sabia que o dia havia chegado de novo; era hora de ir em frente com sua rotina. As últimas sombras noturnas abandonavam o quarto. Ele teria de mover o corpo inerte e seguir adiante. Era tão jovem e havia experimentado tão poucas atribulações que estava desnorteado. Queria apenas que a noite se alongasse indefinidamente, para que pudesse ficar deitado, imóvel, coberto pela escuridão. Contudo, nada impediria o dia de raiar, nada o livraria de ter de levantar-se e selar o cavalo do capitão, de fazer seu café. Era algo inevitável. Ao mesmo tempo, também pensou que era impossível. Mas não iriam dispensá-lo. Era preciso levar o café ao capitão. Estava atordoado demais para compreender. Sabia apenas que era inevitável – inevitável, por mais que permanecesse deitado, inerte.

Por fim, após um esforço tremendo para se erguer – pois sentia-se um peso morto –, levantou-se. Mas tinha de forçar cada movimento com sua vontade. Sentia-se perdido, confuso, desamparado. Segurou-se com força na cama, tamanha a dor. E, olhando suas coxas, viu as contusões mais escuras na carne morena, e sabia que se as apertasse com os dedos, desmaiaria. Mas não queria desmaiar – não queria que ninguém soubesse. Ninguém jamais deveria saber. Era algo entre ele e o capitão. Só havia duas pessoas no mundo agora – ele e o capitão.

Com movimentos lentos e contidos, vestiu-se e forçou-se a andar. Tudo estava obscuro, salvo o que lhe estivesse nas mãos. Mas conseguiu terminar suas tarefas. A própria dor reavivou seus sentidos entorpecidos. O pior ainda estava por vir. Pegou a bandeja e subiu ao quarto do capitão. O oficial, pálido e grave, estava sentado à mesa. O ordenança, ao bater continência, sentiu como se deixasse de existir. Ficou imóvel por um momento, submetendo-se à própria aniquilação – recobrou-se em seguida, pareceu voltar a si; e então o capitão começou a ficar vago, irreal, e o coração do jovem começou a bater mais forte. Aferrou-se à idéia de que o capitão não existia – era o único modo de seguir vivendo. Mas quando viu a mão do oficial tremer enquanto tomava o café, sentiu tudo vir abaixo. E saiu, sentindo que ele mesmo estava caindo aos pedaços, desintegrado. E enquanto o capitão estava montado, dando ordens, e ele próprio permanecia em pé, com rifle e mochila, morrendo de dor, sentia como se devesse fechar os olhos – como se devesse fechar os olhos para tudo. Era apenas a interminável agonia de marchar com a garganta seca que o preenchia com um único desejo, pesado como o sono: salvar-se.

## II

Estava acostumando-se até mesmo à garganta seca. Que os picos nevados estivessem radiantes contra o céu, que o rio glacial verde-claro serpenteasse em meio a pálidos baixios no vale ao fundo parecia quase sobrenatural. A loucura da febre e da sede começava a insinuar-se. O jovem continuou a arrastar-se, sem fazer queixas. Não queria falar, não queria falar com ninguém. Havia dois filhotes de ganso, como flocos de água e neve, sobre a superfície do rio. O cheiro do centeio verde mergulhado na luz do sol tresandava a náusea. E a marcha continuava, monótona, quase como um sono mal-dormido.

Na fazenda seguinte, onde havia uma casa baixa e ampla, perto da estrada principal, haviam providenciado barris de água. Os soldados agrupavam-se à volta para beber. Tiravam os capacetes, e o vapor subia de seus cabelos úmidos. O capitão permanecia na garupa de sua montaria, observando. Precisava ver o ordenança. O capacete lançava uma sombra escura sobre os olhos claros e ferozes, mas o bigode, a boca e o queixo delineavam-se à luz do sol. O ordenança era obrigado a mover-se diante da figura sobre o cavalo. Não que estivesse com medo, ou intimidado. Mas era como se lhe houvessem arrancado as entranhas; sentia-se oco, uma concha vazia. Sentia-se um nada, uma sombra arrastando-se à luz do sol. E, mesmo sedento como estava, mal podia beber, sentindo o capitão próximo de si. Não tiraria o capacete para limpar os cabelos ensopados. Queria ficar na sombra, para não ser coagido pela consciência. Ao despertar, viu o oficial esporear sua montaria; o cavalo saiu a meio galope, e assim o ordenança pôde se entregar novamente ao ócio.

Nada, porém, podia restituir-lhe o espaço de que precisava para viver naquela manhã quente, brilhante. Sentia-se como um hiato no meio de tudo. Ao passo que o capitão estava mais arrogante, mais opressor. Uma onda de calor percorreu o corpo do jovem subordinado. O capitão estava mais firme e mais soberbo na vida – enquanto ele, vazio como uma sombra. Outra vez a onda atravessou o corpo do ordenança, atordoando-o. Mas seu coração batia um pouco mais firme.

A companhia seguiu colina acima, para dar a volta. Lá embaixo, em meio às árvores, o sino da fazenda bateu. O jovem via os trabalhadores, que ceifavam de pés descalços a relva espessa, deixarem seu trabalho e descer a colina, as foices apoiadas sobre os ombros, como garras longas e brilhantes, curvando-se para baixo às suas costas. Pareciam as pessoas de um sonho, como se não tivessem relação alguma consigo. Ele se sentia como num sonho lúgubre: como se todas as outras coisas estivessem lá e tivessem forma, mas ele fosse apenas uma consciência, um vácuo capaz de pensar e perceber. 

Os soldados marchavam em silêncio rumo ao topo da encosta reluzente. Aos poucos, sua cabeça começou a girar num ritmo vagaroso. Às vezes a visão se lhe obscurecia, como se visse o mundo através de um vidro esfumaçado, sombras débeis e irreais. Sentiu dor de cabeça ao andar.

Era difícil respirar o ar perfumado. Todo o verde exuberante parecia emanar sua seiva, até que o ar ficasse letal, nauseante com o aroma do verdor. O perfume de trevo pairava no ar, qual mel puro e abelhas. De repente uma nota acre insinuou-se – estavam perto das faias; e então ouviu-se de repente um tropel, e um cheiro sufocante, abominável; estavam passando por um rebanho de ovelhas, o pastor de blusa preta, segurando o cajado. Por que as ovelhas se amontoariam sob esse sol abrasador? O jovem tinha a sensação de que o pastor não o veria, embora ele visse o pastor.

Por fim, fizeram uma pausa. Apoiaram os rifles num sarilho cônico, deitaram suas mochilas ao redor e saíram cada um para um lado, sentando-se num pequeno outeiro no alto da encosta. Puseram-se a conversar. Os soldados fumegavam de calor, mas estavam animados. O ordenança ficou sentado, imóvel, vendo as montanhas azuis erguerem-se acima da terra, a vinte quilômetros de distância. Havia uma dobra azul na serra, e de lá, ao pé da montanha, via-se o largo e pálido leito do rio e trechos de água verde-clara entre baixios de um rosa acinzentado em meio aos bosques escuros de pinheiros. O rio estendia-se muito ao longe. E parecia vir ladeira abaixo, o rio. Alguém conduzia uma balsa a uma milha de distância. Era uma região peculiar. Mais perto, uma casa de fazenda de telhado vermelho, ampla, de fundação branca e janelinhas quadradas se encolhia ao lado das copas das faias, que enfileiravam-se nos limites do bosque. Havia longas faixas de centeio, trevos e brotos de trigo esbatido. E logo ao seu pé, abaixo do outeiro, havia um charco escuro, onde ranúnculos equilibravam-se, na ausência de brisa, sobre seus delicados caules. Algumas das claras borbulhas douradas rebentaram, e um fragmento partido pendia ao sabor do vento. Achou que iria adormecer.

De repente, algo adentrou a miragem colorida que se lhe oferecia aos olhos. O capitão, uma figura pequena, azul-clara e escarlate, trotava entre as faixas de trigo, ao longo da borda plana da colina. E o homem que sinalizava com bandeiras se aproximava. A figura do cavaleiro movia-se soberba e segura, a criatura ágil, brilhante, na qual toda a luz matinal se concentrava, enquanto o resto da paisagem permanecia na penumbra frágil e resplandecente. Submisso, apático, o jovem soldado ficou sentado, observando. Mas enquanto o cavalo diminuía a velocidade e começava a marchar, subindo o último trecho íngreme, um grande arrebatamento incendiou corpo e alma do ordenança. Ficou sentado, esperando. Sentia como se uma tora de lenha em brasa lhe pesasse sobre a cabeça. Não tinha apetite. Suas mãos tremiam de leve quando as mexia. Enquanto isso, o oficial aproximava-se devagar e imponente, a cavalo. A tensão aumentava na alma do ordenança. Mais uma vez, ao ver o capitão tranqüilo na sela, o arrebatamento percorreu-lhe o corpo.

O capitão olhava para a malha azul-clara e escarlate, de cabeça escura, espalhada ao longo da encosta. A visão lhe agradava. O comando lhe agradava. Sentia-se orgulhoso. Seu ordenança estava, como os outros, sujeito às suas ordens. O oficial ergueu-se nos estribos para enxergar melhor. O jovem soldado estava sentado com o rosto afastado, impassível. O capitão acomodou-se na sela. O belo cavalo de pernas esguias, marrom como a noz de faia, subia a encosta com altivez. O capitão adentrou o território impregnado pela companhia: um odor quente de homens, de suor, de couro. Era um odor familiar. Após uma breve conversa com o tenente, o capitão cavalgou mais um pouco para cima e ficou parado ali, uma figura dominante, o cavalo molhado de suor a balançar o rabo, enquanto ele olhava com desprezo para seus homens, para seu ordenança, uma nulidade na multidão.

O coração do jovem soldado ardia como fogo no peito, e a respiração tornava-se difícil. O oficial, olhando colina abaixo, viu três jovens soldados, com dois baldes de água, cambaleando por um ensolarado campo verde. Haviam montado a mesa à sombra de uma árvore, e lá o esbelto tenente estava de pé, às voltas com seus afazeres importantes. Então o capitão juntou forças para um ato de coragem. Chamou o ordenança.

O fogo subiu à garganta do jovem soldado quando ouviu o comando; levantou-se cego, asfixiado. Bateu continência, parado em um local mais baixo. Não olhou para cima. Mas havia uma hesitação na voz do capitão.

– Vá à estalagem e traga-me… – o oficial ordenou. – Depressa! – acrescentou.

Com a última palavra, o coração do subordinado pulou, arrebatado, e ele sentiu uma força apossar-se de seu corpo. Mas voltou-se com uma obediência mecânica, e partiu numa pesada corrida morro abaixo, parecendo um urso, com as calças estufadas acima das botas militares. E o oficial ficou olhando essa corrida cega, precipitada, durante todo o percurso.

Mas era apenas o exterior do corpo do ordenança que obedecia de modo tão humilde e mecânico. Por dentro, acumulara-se, pouco a pouco, um núcleo de energia onde toda a força de sua jovem vida se mantinha densa e concentrada. Executou sua incumbência e voltou depressa, arrastando-se colina acima. Enquanto caminhava, uma dor na cabeça fazia-o crispar o rosto sem que percebesse. Mas, engastado no peito, o jovem ordenança trazia a si próprio, sim, a si próprio, firme, e não deixaria que o despedaçassem.

O capitão entrara no bosque. O ordenança andava com dificuldade em meio à atmosfera quente e o ar opressivo da companhia. Trazia uma energia surpreendente dentro de si agora. O capitão era menos real que ele próprio. Aproximou-se dos limites do bosque verdejante. Ali, na penumbra, viu o cavalo de pé, a luz do sol e a bruxuleante sombra das folhas dançando-lhe sobre o corpo marrom. Havia uma clareira recém-aberta. Lá, na sombra verde-dourada, junto ao sol brilhante, duas figuras estavam em pé, de azul e rosa, com os pontos cor-de-rosa bem visíveis. O capitão estava conversando com seu tenente.

O ordenança ficou próximo à clareira luminosa, onde grandes troncos de árvores, descascados e brilhantes, estavam atirados ao chão como corpos nus, de pele morena. Lascas de madeira recobriam o chão batido, como reflexos de luz, e os cepos das árvores derrubadas espalhavam-se ao redor, com seus topos duros e nivelados. Mais além via-se o matiz verde-brilhante de uma faia ao sol.

– Então vou avançar mais um pouco – disse o capitão. O tenente bateu continência e afastou-se. O soldado avançou. Um calor atravessou-lhe as entranhas enquanto marchava em direção ao oficial.

O capitão percebeu a figura pesada do jovem soldado aproximar-se aos tropeços, e o sangue também pôs-se a ferver em suas veias. Era um assunto a ser resolvido de homem para homem. Ele cedeu perante a figura sólida e cambaleante, de cabeça baixa. O ordenança curvou-se e pôs a comida sobre um cepo nivelado. O capitão lhe observava as mãos resplandecentes, nuas, crestadas pelo sol. Queria falar com o jovem soldado, mas não conseguia. O subordinado apoiou uma garrafa contra a coxa, desarrolhou-a e despejou a cerveja no caneco. Mantinha a cabeça baixa. O capitão aceitou o caneco.

– Quente! – disse, em um pretenso tom amigável.

As chamas irrompiam do coração do ordenança e por pouco não o sufocavam.

– Sim, senhor – respondeu, com os dentes cerrados.

E ouviu o som que o capitão fazia ao beber, e cerrou os punhos, tamanha a força do tormento que lhe chegava aos pulsos. Ouviu-se o som abafado da tampa do caneco. O jovem levantou os olhos. O capitão o observava. Depressa, o ordenança desviou o olhar. Então viu o oficial inclinar-se e apanhar um pedaço de pão. Mais uma vez as chamas trespassaram o jovem soldado quando viu o corpo rígido inclinar-se abaixo dele; e suas mãos crisparam-se. Ele afastou o olhar. Sentia que o oficial estava nervoso. O pão caiu ao ser partido. O oficial comeu o outro pedaço. Os dois homens permaneciam imóveis e tensos; o capitão mastigava cuidadosamente o seu pão, enquanto o subordinado mantinha o rosto afastado e os punhos cerrados.

Então o jovem soldado teve um sobressalto. O oficial abrira a tampa do caneco outra vez. O ordenança fitava a borda do caneco e a mão branca que empunhava a asa, como se estivesse fascinado. O caneco foi erguido. O jovem acompanhou-o com os olhos. E então viu a garganta delgada e forte do capitão movendo-se para cima e para baixo ao beber, a forte mandíbula em ação. O instinto que vinha crispando os pulsos do jovem de repente libertou-se num espasmo. Ele pulou, como se um raio o tivesse partido em dois.

A espora do oficial prendeu-se à raiz de uma árvore e ele caiu para trás; suas costas produziram um baque surdo ao bater contra a borda cortante de um cepo e o caneco voou para longe. E num instante o ordenança, com o jovem rosto sério e austero, mordendo os lábios, meteu o joelho no peito do oficial e empurrou-lhe o queixo para trás, até a outra borda do toco, apertando com todo o coração, num furor de alívio, a crispação dos pulsos exacerbada pelo alívio. E com as palmas das mãos empurrava-lhe o queixo, com toda a força. E era agradável sentir aquele queixo, a aspereza daquele maxilar rígido, com a barba por fazer, em suas mãos. Não abrandou nem um milímetro, mas, com toda a força do sangue a aflorar na investida, empurrou a cabeça do outro homem para trás até ouvir um "crec", e teve a sensação de algo se esmigalhando. Então sentiu como se a cabeça lhe evaporasse. O corpo do oficial sacudia-se em violentas convulsões, apavorando e horrorizando o jovem soldado. Contudo, agradou-lhe contê-las. Comprazia-se em empurrar o queixo para trás e sentir o peito do outro homem ceder até que o ar dos pulmões expirasse sob o peso dos seus joelhos jovens, fortes, em sentir os violentos espasmos do corpo prostrado que lhe fazia sacudir o próprio corpo por inteiro, que pressionava contra o outro.

Mas o outro corpo parou de se mover. O ordenança enxergava o interior das narinas do outro homem, mas mal lhe via os olhos. A boca se projetara de maneira surpreendente para fora, deixando os lábios excessivamente carnudos e o bigode eriçado. Então, com um sobressalto, o jovem notou que aos poucos as narinas se enchiam de sangue. O líquido vermelho chegou até a borda, hesitou, transbordou e escorreu rosto abaixo, em um fio que chegou até os olhos.

Aquilo o deixou chocado e aflito. Levantou-se, devagar. O corpo estava crispado e estatelado à sua frente, inerte. De pé, em silêncio, ele o observava. Era uma lástima que *aquilo* estivesse despedaçado. O corpo representava mais do que o ser que o havia chutado e perseguido. O soldado tinha medo de encontrar seus olhos. Estavam horrendos; só se lhes via os brancos, e estavam manchados de sangue. O horror estampara-se no rosto do ordenança. Mas, afinal, esse era o curso que as coisas haviam tomado. Em seu coração, ele estava satisfeito. Havia odiado o rosto do capitão. Agora o rosto apagara-se. O ordenança sentia um alívio pesado na alma. Tudo foi como deveria ser. Mas ele não suportava ver o corpo comprido do militar estendido e estatelado sobre o toco de árvore, com os elegantes dedos crispados. Queria escondê-lo longe dali.

Com rapidez e destreza, apanhou-o e escondeu-o debaixo dos troncos das árvores cortadas, cujas extremidades lisas e belas descansavam sobre os tocos. O rosto estava horrível com o sangue. Cobriu-o com o capacete. Então ajeitou-lhe as pernas e os braços e retirou as folhas mortas do fino tecido do uniforme. Assim, o corpo jazia em silêncio à sombra dos troncos. Um pequeno feixe de luz do sol passava por uma fresta entre as toras e corria ao longo do peito. O ordenança sentou-se ao pé do corpo por alguns instantes. Este era também o fim de sua própria vida.

Então, ainda em choque, ouviu a voz do tenente instruindo os homens fora do bosque a imaginar que a ponte do rio lá embaixo estivesse nas mãos do inimigo. Assim, deveriam marchar para o ataque conforme suas explicações. O tenente não tinha o dom da expressão. O ordenança, escutando por hábito, ficou confuso. E, quando o tenente recomeçou as instruções, ele parou de prestar atenção.

Sabia que devia ir embora. Levantou-se. Ficou surpreso com o brilho das folhas ao sol e os reflexos claros das lascas de madeira no chão. Para ele alguma mudança se operara no mundo. Mas não para o resto – tudo parecia o mesmo. Apenas o capitão partira. E não havia caminho de volta. Era seu dever voltar com o caneco de cerveja e a garrafa. Mas era impossível. Ele havia deixado tudo aquilo para trás. O tenente ainda dava explicações, com a voz rouca. O ordenança precisava ir embora, ou a companhia iria flagrá-lo. E ele não suportaria o contato com ninguém agora.

Cobriu os olhos com os dedos, tentando descobrir onde estava. E então se virou. Viu o cavalo parado na trilha. Aproximou-se do animal e montou-o. A sela o machucava. A dor de se manter sentado ocupava-o enquanto cruzava o bosque a meio galope. Nada o teria incomodado, mas a sensação de estar separado dos outros não o deixava. A trilha levava para fora do bosque. Antes de sair do meio das árvores, parou o cavalo e ficou observando. Lá, na vasta claridade do vale, os soldados moviam-se num pequeno enxame. De vez em quando, um homem que lavrava uma faixa de terra alqueivada berrava com seus bois ao fazer uma curva. A aldeia e a igreja de torre branca pareciam pequenas à luz do sol. E o ordenança não fazia mais parte daquela luz – estava lá sentado, além, como um exilado na escuridão. Havia deixado a vida do dia-a-dia para adentrar o desconhecido, e não podia, nem sequer queria, voltar.

Dando as costas ao vale ensolarado, cavalgou rumo às profundezas do bosque. Os troncos das árvores, como pessoas cinzentas e imóveis, de pé, não notavam sua presença. Uma corça, ela própria um movimento de luz e sombra, saiu correndo por entre as sombras salpicadas. Havia rasgos verdes e brilhantes nas folhas. Mais adiante erguia-se o bosque de pinheiros, escuro e fresco. A dor lhe era excruciante; a cabeça latejava, e ele sentia náuseas. Nunca ficara doente na vida. Sentia-se perdido, desnorteado com tudo isso.

Ao descer do cavalo, caiu, pasmo com a dor e com sua falta de equilíbrio. O cavalo moveu-se, inquieto. Ele deu um puxão nas rédeas e mandou-o embora num galope atrapalhado. Era seu derradeiro ponto de contato com o resto das coisas.

Mas tudo o que ele queria era deitar-se e não ser perturbado. Cambaleando em meio às árvores, chegou a um lugar tranqüilo onde faias e pinheiros cresciam numa encosta. Assim que se deitou e fechou os olhos, sua consciência partiu em disparada, deixando-o para trás. A náusea palpitava dentro dele, como se pulsasse pela terra inteira. Ele ardia em febre. Mas estava ocupado demais, dilacerado na corrida incoerente do delírio para perceber.

## III

Voltou a si com um sobressalto. A boca estava seca e rígida, o coração batia forte, mas ele não tinha energia para se levantar. O coração batia forte. Onde estava? – Na caserna? Em casa? Alguma coisa estava batendo. Fazendo um esforço, o jovem olhou ao redor – árvores, folhas caídas e fragmentos avermelhados, brilhantes e imóveis de luz solar na terra. Não acreditava que fosse ele mesmo, não acreditava no que via. Alguma coisa batia. Ele fez um esforço para recobrar a consciência, mas sucumbiu. Em seguida, um novo esforço. E, aos poucos, o ambiente ao seu redor estabeleceu relações consigo. Ele sabia, e uma aguilhoada de medo varou-lhe o coração. Alguém estava batendo. Ele via os trapos pesados e negros de um abeto acima da cabeça. Então tudo ficou escuro. No entanto, não acreditava que houvesse fechado os olhos. E não havia. A vista desvencilhou-se mais uma vez do negrume. E alguém estava batendo. Logo viu o rosto do odiado capitão, desfigurado pelo sangue. E ficou paralisado de horror. Contudo, em seu íntimo, sabia que era isso, que o capitão devia estar morto. Mas o delírio físico apoderou-se dele. Alguém estava batendo. Permaneceu completamente imóvel, como que morto, com medo. E perdeu a consciência.

Quando abriu os olhos de novo, assustou-se ao ver uma criatura subir, rápida e furtiva, por um tronco de árvore. Era um passarinho. E o pássaro chilreava acima da sua cabeça. "Toque-toque-toque" – era o pássaro, pequeno e ligeiro, bicando o tronco da árvore, como se sua cabeça fosse um martelinho redondo. Ele o observou, surpreso. O passarinho deslocava-se com movimentos ligeiros e furtivos. Então, como um rato, deslizou tronco abaixo. Aquele movimento furtivo e ligeiro encheu-o de repulsa. Levantou a cabeça. Sentia um grande peso. Então o passarinho saiu correndo da sombra e atravessou um pedaço do chão banhado de sol, com a cabecinha a balançar, veloz, as perninhas com um brilho momentâneo. A pequena figura era muito elegante e compacta, com manchas brancas nas asas. Havia vários deles. Eram muito graciosos – mas moviam-se furtivos como ratos, depressa, erráticos, correndo de um lado para o outro entre as nozes de faia.

Deitou-se de novo, exausto, e a consciência escapou-lhe. Tinha horror àqueles passarinhos furtivos. O sangue parecia correr depressa em suas veias, subindo-lhe à cabeça. No entanto, não conseguia se mexer.

Voltou a si com a dor amplificada pela exaustão. A cabeça lhe doía, sentia náuseas terríveis e não conseguia mover-se. Nunca ficara doente na vida. Não sabia onde estava e nem o que ele era. Provavelmente tinha sofrido uma insolação. Se não, o que seria? Havia silenciado o capitão para sempre – algum tempo atrás – ah, muito tempo atrás. O sangue manchara-lhe o rosto, e seus olhos reviraram-se nas órbitas. De certa forma, tudo estava bem. Tudo estava em paz. Mas agora o soldado ultrapassara a si mesmo. Nunca havia chegado até esse ponto. Isso era vida ou não era vida? Ele estava sozinho. Os outros estavam num lugar grande e brilhante, do qual ele não participava. A cidade, toda a região, um grande e brilhante recanto de luz: e ele do lado de fora, aqui, no além, obscuro e aberto, onde cada criatura existia só. Mas em algum momento os outros teriam de aparecer lá fora também. Eram pequenos e ele os deixara para trás, todos. Tivera pai e mãe e namorada. Mas que importância tinham? Ele estava no descampado.

Sentou-se. Uma criatura passou, lépida. Era um esquilinho marrom com a cauda vermelha que saltitava pelo chão em movimentos ondulantes – quando se sentava, a cauda enrolava-se e desenrolava-se. Ele ficou observando, entretido. O esquilo, brincalhão, mais uma vez começou a saltitar, divertindo-se. Voou como louco em direção a um outro esquilo, e os dois começaram uma perseguição cheia de resmungos e gritinhos. O soldado queria falar com eles. Mas apenas um som rouco saiu-lhe da garganta. Os esquilos desapareceram, trepando nas árvores. Logo o soldado viu um deles a espreitá-lo, no meio de um tronco de árvore. Uma onda de medo varou-o, embora, até onde pudesse se dar conta, estivesse se divertindo. O esquilo continuava observando, com a carinha alerta a encará-lo do meio do tronco, as orelhinhas empinadas, as mãozinhas com garras segurando-se à casca, o peito branco erguido. Ele afastou-se em pânico.

Com muita dificuldade, pôs-se de pé e cambaleou para longe. Continuou andando, andando, procurando algo – algo para beber. Sentia a cabeça ardente e inflamada pela falta de água. Caminhava aos tropeços. Então não sabia de nada. Caminhava inconsciente. Mas continuava a tropeçar, de boca aberta.

Quando, para seu espanto, abriu os olhos outra vez, não tentava mais lembrar o que era o mundo. Havia uma luz intensa, dourada, por trás do brilho verde-ouro, e altos troncos cinza-púrpura, e mais além a escuridão, cercando-o, aprofundando-se. Sentiu que havia chegado a algum lugar. Estava em meio à realidade, no fundo real, escuro. Mas a sede ardia em sua cabeça. Sentiu-se mais leve. Supunha que fosse a regeneração. O ar vibrava com trovões. Ele achava que estava andando depressa e chegando cada vez mais próximo do alívio – ou seria da água?

De repente, ficou paralisado de medo. Havia um intenso fulgor amarelo-ouro, enorme – apenas uns poucos troncos escuros como barras o separavam dele. O trigo novo, uniforme, reluzia como ouro sobre o sedoso verdor. Uma mulher, de saia rodada e touca preta na cabeça, passava como uma sombra sólida através do trigo verde e reluzente em direção ao pleno fulgor. Também havia uma fazenda azul-pálida na sombra, de madeirame negro. E havia a torre da igreja, quase fundida no amarelo-ouro. A mulher seguia seu caminho, afastando-se do jovem. Ele não dispunha de uma linguagem com que lhe falar. Ela era a irrealidade sólida e brilhante. Com as palavras, ela faria barulhos que o confundiriam, e seus olhos o fitariam sem vê-lo. Ela estava atravessando para o outro lado. Ele apoiou-se contra uma árvore.

Quando por fim se voltou, olhando para o longo bosque deserto, sob o qual a escuridão se insinuava, viu as montanhas numa luz fantástica, não muito longe, radiantes. Atrás do cume diáfano e cinza da cadeia mais próxima, as montanhas mais distantes erguiam-se douradas e cinzentas, e a neve radiava como ouro puro e delicado. Quietas, fulgurando no céu e moldadas com o veio celeste, brilhavam em silêncio. De pé, ele as observava, o rosto iluminado. E, como o fulgor dourado e lustroso da neve, sentia a própria sede a brilhar dentro de si. De pé, ficou contemplando, escorado numa árvore. E então tudo se desvaneceu no espaço.

Os relâmpagos cortaram o céu a noite inteira, tingindo-o de branco. Ele deve ter retomado a caminhada. O mundo pairava lívido à sua volta por instantes, os campos brilhavam com uma luz verde-acinzentada, árvores escuras e imponentes, e a cadeia de nuvens negras a cruzar o céu branco. A escuridão fechou-se como uma cortina; e a noite fez-se plena. A vibração suave de um mundo apenas entrevisto, que mal conseguia emergir da escuridão! – Mais uma vez o palor varreu a terra, formas escuras assomavam, uma cadeia de nuvens pairava no firmamento. O mundo era uma sombra espectral, lançada por um momento sobre a escuridão absoluta, que retornava sempre mais plena e mais completa.

E apenas o delírio da doença e da febre continuavam dentro dele – o cérebro se abrindo e fechando como a noite –, então, às vezes, convulsões de terror causadas por alguma criatura de olhos grandes que o fitava de uma árvore – e logo a longa agonia da marcha, e o sol decompondo-lhe o sangue –, depois a aguilhoada de ódio pelo capitão, seguida por uma aguilhoada de ternura e calma. Mas tudo estava distorcido, tudo aquilo nascera da dor e transformava-se em dor.

Pela manhã ele finalmente acordou. Então seu cérebro tomou-se de um único horror – a sede! O sol batia em seu rosto e o orvalho evaporava de suas roupas úmidas. Como alguém possesso, levantou-se. Logo à sua frente, azuis e frescas e tenras, as montanhas enfileiravam-se de um lado a outro do pálido céu matinal. Ele as queria – ele as queira para si – queria abandonar-se a si mesmo e estar entre as montanhas. Estas seguiam imóveis; eram quietas e suaves, com delicados salpicos de neve. Ficou parado, num sofrimento atroz, as mãos tensas e crispadas. Em seguida, um paroxismo fez seu corpo convulsionar-se sobre a relva.

Ele jazia imóvel, numa espécie de devaneio angustiante. Sua sede parecia estar separada dele, uma existência à parte, uma necessidade com existência própria. Então a dor que sentia tornou-se um outro ser individual. Depois havia o estorvo do seu corpo, outra coisa separada. Ele se fragmentava em toda espécie de coisas separadas. Havia um elo estranho e agonizante entre elas, mas este elo era cada vez mais tênue. Por fim, todos eles se romperiam. O sol que o enfraquecia também enfraquecia os elos. Em seguida todos eles desapareceriam, desapareceriam no interminável lapso espacial. Então ele recobrou a consciência. Ergueu-se, apoiado no cotovelo, e observou as montanhas fulgurantes. Lá elas enfileiravam-se, silentes e fantásticas entre o céu e a terra. Olhou até que a visão se lhe toldasse, e as montanhas, impassíveis em sua beleza, tão puras e frescas, pareciam possuir aquilo que nele se perdera.

## IV

Quando os soldados o encontraram, três horas mais tarde, ele estava deitado com o rosto sobre o braço, os cabelos pretos sob o sol, irradiando calor. Ainda estava vivo. Ao verem a boca aberta, negra, os jovens soldados largaram-no, horrorizados.

Morreu no hospital à noite, sem que recuperasse a visão.

Os médicos viram as contusões em suas pernas, e calaram-se.

Os corpos dos dois homens jaziam lado a lado no necrotério: um, branco e esbelto, mas deitado em rígido repouso; o outro, tão jovem e intocado, como se pudesse tornar à vida a qualquer momento, despertando de um cochilo.

# APÊNDICE
## *Meu ser revelado*[1]

PERGUNTAM-ME: "Você achou muito difícil prosperar e tornar-se um sucesso?", e tenho de admitir que, se pode ser dito que eu tenha prosperado, e se posso ser chamado de um sucesso, então *não* achei difícil.

Nunca passei fome em uma água-furtada, nem esperei aflito que os correios me trouxessem a resposta de algum editor, tampouco trabalhei a suor e sangue a fim de produzir obras imensas nem jamais acordei e me descobri famoso.

Fui um garoto pobre. Deveria ter lutado corpo a corpo com as garras cruéis das circunstâncias, e ter sofrido os golpes do azar antes de me tornar um escritor com uma renda modesta e uma reputação muito questionável. Mas não o fiz. Tudo aconteceu por si só e sem quaisquer queixumes da minha parte.

Uma pena. Porque eu era sem dúvida um garoto pobre da classe trabalhadora, sem nenhum futuro assegurado pela frente. Mas afinal de contas, o que sou agora?

Nasci em meio à classe trabalhadora e nela me criei.

[1] *Myself Revealed*, publicado pela primeira vez no *Sunday Dispatch*, em 17 de fevereiro de 1929. [Autobiographical Sketch (Esboço autobiográfico), in *Phoenix* II – *Uncollected, Unpublished and Other Prose Works by D. H. Lawrence*, The Viking Press, New York, 1970.] [N. do T.]

Meu pai era um minerador de carvão, e apenas um minerador, nada de louvável acerca dele. Não era sequer digno de respeito, já que ficava bêbado com muita freqüência. Nunca se aproximava de uma igreja, e era, de hábito, bastante grosseiro com os pequenos capatazes, seus imediatos na mina.

Na realidade, jamais teve um bom posto enquanto foi mineiro, pois estava sempre dizendo impertinências e tolices sobre seus superiores no controle da mina. Ofendia a todos eles, quase de propósito – como poderia esperar que o promovessem? No entanto, resmungava quando não o faziam.

Minha mãe era, com certeza, superior. Viera da cidade e, de fato, pertencia à pequena burguesia. Falava o King's English[2], sem sotaque, e nunca na vida conseguiu sequer imitar uma frase do dialeto que meu pai falava, e que nós crianças falávamos fora de casa.

Escrevia em uma bela caligrafia italiana, e quando quisesse, podia escrever uma carta perspicaz e divertida. Ao ficar mais velha, voltou a ler romances, e ficou extremamente impaciente com *Diana of the Crossways*[3] e extremamente impressionada por *East Lynne*[4].

[2] Literalmente, "inglês do rei" – nomeado assim por ser o modo de falar do monarca. Modo de falar e uso padrão, puro ou correto da língua inglesa; também é o modo de falar da língua inglesa usado pelas pessoas educadas do sul da Inglaterra. [N. do T.]

[3] George Meredith, *Diana of the Crossways*, 1885. Narrativa acerca de uma mulher inteligente e dinâmica, presa num casamento infeliz, que, alheia ao marido, se enreda em escândalos políticos e sociais, como o adultério.[N. do T.]

[4] Mrs. Henry Wood, *East Lynne*, 1861. Romance vitoriano sobre

Mas era a esposa de um trabalhador, e nada mais, com sua pequena touca negra puída e sua aparência sagaz, desembaraçada, "diferente". E era bastante respeitada, assim como meu pai não o era. Sua natureza era vivaz e sensível, e talvez demasiado superior. Mas estava reduzida – reduzida à classe trabalhadora, entre a massa de esposas de mineradores mais pobres.

Eu era um pirralho fracote, pálido e de nariz sujo, a quem a maioria das pessoas tratava com bastante gentileza, da mesma forma como a um rapazote fraco qualquer. Quando tinha 12 anos ganhei uma bolsa de estudos da Câmara Municipal de 12 libras ao ano, e fui para a Escola Secundária de Nottingham.

Após deixar a escola fui escrevente por três meses, e então padeci de uma pneumonia muito grave, no meu décimo sétimo ano de idade, que me prejudicou a saúde para toda a vida.

Um ano depois me tornei professor primário, e após três terríveis anos de ensino para jovens mineradores, fui fazer o curso "normal" na Universidade de Nottingham.

Assim como fiquei contente por deixar a escola, fiquei contente por deixar a faculdade. Ela havia representado apenas desilusão, em vez de contato efetivo com os homens. Da faculdade fui até Croydon, perto de Londres, para lecionar em uma nova escola primária por cem libras ao ano.

uma jovem dama que deixa o marido por um pretendente aristocrata e que, abandonada por este, se disfarça e trabalha como governanta na casa do ex-marido e sua nova esposa. [N. do T.]

Durante o período em Croydon, quando tinha 23 anos, uma moça,[5] que havia sido minha melhor amiga na juventude e era professora primária numa comunidade de mineração em minha cidade natal, copiou alguns dos meus poemas e, sem me contar, enviou-os à *English Review*[6], que havia então alcançado um glorioso renascimento sob a direção de Ford Madox Hueffer.

Hueffer foi muitíssimo gentil. Publicou os poemas e convidou-me para uma visita. A moça havia me lançado na carreira literária, tão facilmente como uma princesa corta a fita inaugural na cerimônia de batismo de um navio.

Eu estivera a pelejar lenta e continuamente por quatro anos, trazendo à tona *O pavão branco*[7] em fragmentos inacabados, dos subterrâneos da minha consciência. Devo ter escrito a maior parte dele cinco ou seis vezes, mas sempre em intervalos, nunca como uma empreitada ou um labor sobre-humano, entre os gemidos do parto.

Arrojava-me a ele, escrevia um pouco, mostrava-o à moça; ela sempre o admirava; e então percebia que não

[5] Jessie Chambers. [N. do T.]

[6] *The English Review*, revista literária mensal lançada em 1908 por Ford Madox Hueffer (depois Ford Madox Ford), que publicou os mais notáveis escritores da época. Hueffer manteve o posto de editor por um ano apenas, embora a revista tenha circulado até 1937, sob direção de vários outros editores. [N. do T.]

[7] *The White Peacock* (Londres, Heinemann, 1911) é o primeiro romance de Lawrence. Ambientado na sua cidade natal, nas Midlands, onde abundava a mineração de carvão, já traz os temas recorrentes em sua obra, dos danos advindos de casamentos entre cônjuges díspares e a fronteira entre o campo e a cidade. [N. do T.]

era o que eu queria, e dava outra arremetida. Mas em Croydon havia trabalhado nele com razoável constância, nas noites após a escola.

Seja como for, estava terminado, após quatro ou cinco anos de esforço convulsivo. Hueffer logo pediu para ver o manuscrito. Leu-o de imediato, com a mais prestimosa espécie de gentileza e sem-cerimônia. E com sua voz esquisita, quando estávamos num ônibus em Londres, bradou ao meu ouvido: "Contém cada falha que o romance inglês pode ter".

Naquela época, se supunha que o romance inglês tivesse tantas falhas em comparação ao francês, que mal lhe era permitido existir. "Mas", exclamou Hueffer no ônibus, "você possui GÊNIO".

Isso me deu vontade de rir, de tão cômico que soava. Nos primeiros tempos, sempre me diziam que eu tinha gênio, como para me consolar de não ter suas próprias vantagens incomparáveis.

Mas Hueffer não queria dizer isso. Sempre achei que ele mesmo tivesse um pouco de gênio. Seja como for, enviou o manuscrito de *O pavão branco* a William Heinemann[8], que logo o aceitou, e fez-me alterar apenas quatro linhazinhas, cuja omissão faria agora qualquer um sorrir. Eu deveria receber cinqüenta libras quando o livro fosse publicado.

Entrementes, Hueffer publicou outros poemas e algumas histórias minhas na *English Review*, e as pessoas os liam e comentavam comigo, para meu constrangi-

[8] William Heinemann, fundador e editor da editora Heinemann. [N. do T.]

mento e indignação. Odiava ser um autor aos olhos das pessoas. Em especial, porque eu era um professor.

Quando tinha vinte e cinco anos minha mãe morreu, e dois meses depois *O pavão branco* foi publicado, mas não significou nada para mim. Continuei a lecionar por um ano, e mais uma vez sobreveio a nociva moléstia da pneumonia. Quando melhorei não voltei à escola. A partir de então vivi dos meus escassos ganhos literários.

Faz dezessete anos desde que desisti de lecionar e comecei a viver a independente vida da pena. Nunca passei fome, e nunca me senti pobre, embora minha renda durante os primeiros dez anos não fosse melhor – na verdade quase sempre pior – do que teria sido se continuasse como professor de escola primária.

Mas quando alguém nasce pobre, um pouquinho de dinheiro pode ser bastante. Agora meu pai pensaria que sou rico, embora ninguém mais o pense. E minha mãe pensaria que ascendi no mundo, mesmo que eu não pense assim.

Algo, porém, está errado, seja comigo, seja com o mundo, ou com ambos. Fui para muito longe e conheci pessoas, de todos os tipos e em todas as condições, e de muitas delas gostei e as estimei de forma genuína.

As pessoas foram quase sempre amigáveis *comigo*. Dos críticos, não falaremos, são de uma fauna diferente. E eu quis ser amigável de verdade com alguns, pelo menos, de meus semelhantes.

No entanto, jamais tive êxito por inteiro. Se me dou bem *no* mundo é uma questão; mas sem dúvida não me dou muito bem *com* o mundo. Se sou um sucesso mundial ou não, na verdade não sei. De algum modo, todavia, não me sinto tanto um sucesso como pessoa.

Quero dizer com isso que não sinto que haja qualquer contato cordial legítimo ou fundamental entre mim e a sociedade, ou entre mim e outras pessoas. Há uma ruptura. E meu contato é com algo não-humano, não-vocal.

Costumava pensar que tivesse algo a ver com a vetustez e o arruinamento da Europa. Tendo conhecido outros lugares, sei que não é isso. A Europa é, talvez, o menos arruinado dos continentes, pois é onde mais se vive. Um lugar onde se vive, está vivo.

Foi desde que voltei da América que me pergunto a sério: Por que há tão pouco contato entre mim e as pessoas que conheço? Por que o contato não tem significado vital algum?

E se ponho a questão por escrito, e tento pôr a resposta por escrito, é porque sinto que esta seja uma questão que inquiete muitos homens.

A resposta, até onde posso ver, está relacionada com a classe. A classe cria um abismo, para além do qual todo o melhor fluxo de pessoas é perdido. Não foi exatamente o triunfo da classe média que provocou isso, mas o triunfo daquilo que a classe média *é*.

Enquanto homem da classe trabalhadora, sinto que as pessoas da classe média silenciam minha vitalidade quando estou com elas. Reconheço que sejam pessoas encantadoras e cultas e boas com bastante freqüência. *Mas elas simplesmente fazem alguma parte de mim parar de reagir.* Alguma parte tem de ser deixada de fora.

Então por que não vivo com as pessoas da classe trabalhadora? Porque a vitalidade delas é restrita em uma outra direção. São limitadas, porém ainda um tanto profundas e apaixonadas, enquanto as da classe média são liberais e frívolas e desapaixonadas. Bastante desapaixonadas. No melhor dos casos, mudam de sentimentos, que é a grande emoção manifesta da classe média.

Mas a classe trabalhadora é limitada no ponto de vista, no preconceito, e limitada na inteligência. Isso, da mesma forma, cria uma prisão. Não se pode pertencer em absoluto a classe alguma.

No entanto, aqui na Itália[9], por exemplo, acho que vivo em um certo contato silencioso com os camponeses que trabalham a terra dessa quinta. Não sou íntimo deles, mal falo com eles, exceto para dizer bom-dia. E não trabalham para mim; não sou seu *padrone*.

Mas são eles, na verdade, que compõem meu ambiente, e é deles que o fluxo humano chega até mim. Não quero viver com eles em suas cabanas; isso seria uma espécie de prisão. Mas quero que estejam por aí, neste lugar, suas vidas indo adiante junto com a minha, e em ligação com a minha. Não os idealizo. Basta dessa asneira! É pior que mandar estudantes expressarem-se com disparates constrangedores. Não espero que tenham redenção alguma aqui na terra, nem agora nem no futuro. Mas quero viver perto deles, pois sua vida ainda flui.

[9] Dada a data de publicação do texto, Lawrence devia morar provavelmente em Forte dei Marmi ou Florença, duas das cidades onde viveu entre 1928 e 1929. No final deste ano se mudaria para Vence, França, onde viria a morrer em 1930, de tuberculose. [N. do T.]

E agora sei, de certa maneira, por que não posso seguir os passos de Barrie[10] e de Wells[11], que também vieram de gente do povo e são ambos um tamanho sucesso. Agora sei por que não posso ascender no mundo e até mesmo tornar-me um pouco popular e rico.

Não posso fazer a transferência da minha própria classe para a classe média. Não posso, por nada neste mundo, ser privado da minha consciência passional e da minha antiga afinidade de sangue com meus semelhantes e os animais e a terra, por aquela outra parca, espúria presunção mental que é tudo o que sobrou da consciência, logo que se torna exclusiva.

[10] James Matthew Barrie (1860-1937), romancista e dramaturgo escocês, autor de *Peter Pan.* Veio de uma família de tecelões. [N. do T.]

[11] Herbert George Wells (1866-1946), escritor de ficção científica inglês, autor de *A máquina do tempo*, *O homem invisível*, entre outros. Antes de se tornarem comerciantes, seu pai era jardineiro e a mãe, empregada doméstica. [N. do T.]

TÍTULOS PUBLICADOS

1. *Iracema*, Alencar
2. *Don Juan*, Molière
3. *Contos indianos*, Mallarmé
4. *Auto da barca do Inferno*, Gil Vicente
5. *Poemas completos de Alberto Caeiro*, Pessoa
6. *Triunfos*, Petrarca
7. *A cidade e as serras*, Eça
8. *O retrato de Dorian Gray*, Wilde
9. *A história trágica do Doutor Fausto*, Marlowe
10. *Os sofrimentos do jovem Werther*, Goethe
11. *Dos novos sistemas na arte*, Maliévitch
12. *Mensagem*, Pessoa
13. *Metamorfoses*, Ovídio
14. *Micromegas e outros contos*, Voltaire
15. *O sobrinho de Rameau*, Diderot
16. *Carta sobre a tolerância*, Locke
17. *Discursos ímpios*, Sade
18. *O príncipe*, Maquiavel
19. *Dao De Jing*, Laozi
20. *O fim do ciúme e outros contos*, Proust
21. *Pequenos poemas em prosa*, Baudelaire
22. *Fé e saber*, Hegel
23. *Joana d'Arc*, Michelet
24. *Livro dos mandamentos: 248 preceitos positivos*, Maimônides

25. *O indivíduo, a sociedade e o Estado, e outros ensaios*, Emma Goldman

26. *Eu acuso!*, Zola | *O processo do capitão Dreyfus*, Rui Barbosa

27. *Apologia de Galileu*, Campanella

28. *Sobre verdade e mentira*, Nietzsche

29. *O princípio anarquista e outros ensaios*, Kropotkin

30. *Os sovietes traídos pelos bolcheviques*, Rocker

31. *Poemas*, Byron

32. *Sonetos*, Shakespeare

33. *A vida é sonho*, Calderón

34. *Escritos revolucionários*, Malatesta

35. *Sagas*, Strindberg

36. *O mundo ou tratado da luz*, Descartes

37. *O Ateneu*, Raul Pompéia

38. *Fábula de Polifemo e Galatéia e outros poemas*, Góngora

39. *A vênus das peles*, Sacher-Masoch

40. *Escritos sobre arte*, Baudelaire

41. *Cântico dos cânticos*, [Salomão]

42. *Americanismo e fordismo*, Gramsci

43. *O princípio de Estado e outros ensaios*, Bakunin

44. *O gato preto e outros contos*, Poe

45. *História da província Santa Cruz*, Gandavo

46. *Balada dos enforcados e outros poemas*, Villon

47. *Sátiras, fábulas, aforismos e profecias*, Da Vinci

48. *O cego e outros contos*, D.H. Lawrence

49. *Rashômon e outros contos*, Akutagawa

Edição _ Bruno Costa
Co-edição _ Alexandre B. de Souza
Capa e projeto gráfico _ Júlio Dui e Renan Costa Lima
Programação em LaTeX _ Marcelo Freitas
Consultoria em LaTeX _ Roberto Maluhy Jr.
Imagem de capa _ Ana Lima/estudiosantaluz.com
Revisão _ Hedra
Colofão _ Adverte-se aos curiosos que se imprimiu esta obra nas oficinas da gráfica Vida & Consciência em 3 de junho de 2008, em papel off-set 90 gramas, composta em tipologia Walbaum Monotype de corpo oito a treze e Courier de corpo sete, em plataforma Linux (Gentoo, Ubuntu), com os softwares livres LaTeX, DeTeX, SVN e TRAC.